黄土情

菅厚存 著

内蒙古出版集团
远方出版社

图书在版编目(CIP)数据

黄土情/菅厚存著. -- 呼和浩特：远方出版社,2015.12
ISBN 978-7-5555-0542-6

Ⅰ.①黄… Ⅱ.①菅… Ⅲ.①诗集—中国—当代 Ⅳ.①I227

中国版本图书馆CIP数据核字(2015)第287882号

黄土情

作　　者	菅厚存
责任编辑	胡丽娟　张宝肖
封面设计	韩　芳
版式设计	王改英
出版发行	内蒙古出版集团　远方出版社
社　　址	呼和浩特市乌兰察布东路666号
电　　话	（0471）2236471总编室　2236460发行部
经　　销	新华书店
印　　刷	内蒙古爱信达教育印务有限责任公司
开　　本	710mm×1000mm　1/16
字　　数	120千
印　　张	14.25
版　　次	2015年12月　第1版
印　　次	2016年1月　第1次印刷
印　　数	1—2000册
标准书号	ISBN 978-7-5555-0542-6
定　　价	38.00元

如发现印装质量问题，请与出版社联系调换

序

◎ 陈广斌

　　《黄土情》是作者多年来创作的结晶。翻开厚厚的诗稿，我嗅到了黄土高原那清香的泥土气息，我听到了九曲黄河那奔腾不息、穿越历史的涛声；跨过千里牧野，我看到了长城内外、大江南北那旖旎迷人的风光。与此同时，我更感受到作者那剪不断、理还乱的乡愁情结。

　　作者菅厚存先生，多年来从事教育工作。在教育战线上，他兢兢业业，呕心沥血，培养了一批又一批莘莘学子，可谓桃李满天下。怀着对家乡的深情厚意，怀着对生活的挚爱，怀着对未来的执着追求，他利用工作之余，笔耕不辍，用诗歌这一形式，记录了他对生活的感受。正如作者所说"就所见、所闻、所感，吟诵成行，叙写成章，这便是《黄土情》的主要内容"。

　　收入《黄土情》中的作品共分为六辑"四季风"、"黄土情"、"山河秀"、"花鸟语"、"知心话"、"离人泪"等。这些诗作题材广泛，内容丰富，从不同侧面、多角度地反映了生活，抒发了作者内心的情感。

"四季风"是一组清新、活泼的抒情短诗，这些作品以优美动人的语言，描绘了北方乡村的四季风光。作者通过四季的变化，给人们展示出一幅幅生动和谐、丰富多彩的生活画面。

春天来了，春雨悄悄地把喜讯带给人间，美丽温柔的春姑娘漫步在北方的大地上，她飘向山村，飘向原野，哪怕是荒山野岭，她同样送去一份甘甜。"山川喜欢你的潇洒，林木钟情你的缠绵，百花眷恋你的亲昵，芳草企盼你的爱怜；大地敞开宽广的胸怀，舒展生命的画卷。"这首诗构思新颖，节奏明快，人们在春雨中播种希望，播种爱情，播种明天。

在"黄土情"这一辑中，人们能感受到作者对故乡的怀念。其中有些作品有一种跨越历史的沧桑感，雄浑、厚重，充满生活的欢乐与忧愁。天长地久的黄土地，饱经风雨的土窑洞，苦涩的井水，金黄的小米，柔软的草地，悠扬的牧歌……作者通过对历史的回顾，对现实的讴歌，激发了人们对这片热土的爱恋之情。

在《黄河古渡》这首诗中，作者通过对古渡口的百年历史回顾，再现了北方民族生生不息、激流勇进、不屈不挠的光辉形象。黄河，承载着中华民族数千年的文明，它是祖国大地的血脉，是连接神州山川的筋骨。那弯腰驼背的纤夫，那高唱黄河号子的艄公，那天南地北的过往商贾，那古往今来的文人墨客……古老的黄河渡口，流淌着昨天的故事，回荡着时代的脚步。"如今，古渡下面的游船，轻轻驶过岁月的沉舟。游船上的靓男倩女，闪亮着时尚的衣袖。河水激起的波澜，拍打着飘流的歌声；千帆驶过，最美的仍是那深情的挥手。去拥抱五彩的生活吧，去拥抱一路锦绣，去领略大自然的风光，把美好摄入年轻人的心头。"这首诗探寻历史，折射现实，凝重深沉，发人深思。

在"山河秀"这一辑中，作者以满腔激情，浓墨重彩地描绘了祖国的大好河山；以铿锵有力的语言，讴歌新时代的英雄壮举。作者怀着无比崇敬的心情，歌唱祖国，歌唱人民，弘扬民族精神。这些诗篇贴近生活，贴近时代，贴近群众，抒发了拼搏向上的正能量，从这些作品中我们能听到时代的脚步声。

在《登泰山》这首诗中，作者以雄伟的泰山为意象，抒写了华夏大地五千年的文明历程。在作者笔下，优美奇特的自然风光与厚重灿烂的人文景观交相辉映，相映成趣。云蒸霞蔚的峰峦叠嶂，怪石嶙峋的悬崖绝壁；挺拔入云的五大夫松，纵深静谧的茂林修竹；宛若银河的流泉飞瀑，沁人心脾的潺潺流水；赫然在目的岱岳石刻，古寺名刹的暮鼓晨钟；出神入化的仙山琼楼，风月无边的奇观异景……这一切有机地组合成一幅有声有色的历史长卷。作者以泰山为象征，她象征祖国，象征华夏大地的崛起，象征民族的复兴。"啊，泰山，以自己特有的风姿，赢得了世人的崇敬；以自己厚重的文化积淀，博得了'五岳独尊'的美称。而今，神州上空重现尧天舜日，泰山的草木更加郁郁葱葱；奇峰异石披上五彩霞光，愈显中华气象、东方神韵。"读着这优美动听的诗句，我们仿佛登上了泰山之巅，有一种"山高我为峰，一览众山小"的真切感受。群山领首，万物朝宗，一种民族的自豪感油然而生。

收集在《黄土情》中的诗篇，绝大部分为新诗，最后一辑"离人泪"为古体诗词。这组古体诗词是为悼念亡妻而作,感情真挚,语言凝练,读来催人泪下。如《七律·思亲感悟》:"仙妻一去音渺茫,昼思夜想枉断肠。秋风有意欺落叶,孤坟无语对斜阳。儿女孝顺诚可慰,世人白眼实堪伤。借问天下无聊客,何能自娱少凄凉?"这首七律平仄合律,对仗工整,意境悠远,诗味浓郁,可见作者驾驭古体诗词的功力。

统观《黄土情》,可圈可点之处甚多,这里就不一一列举了,留待读者去品评赏析。期待作者有更多更好的诗作问世。

是为序。

陈广斌

2015年11月19日

(陈广斌:国家一级作家,内蒙古诗词学会副会长,内蒙古文联原《草原》杂志主编)

目 录

【四季风】

003　　迎春曲
006　　春　雨
008　　小　草
010　　炊　烟
011　　夏　锄
013　　绿　叶
015　　历史的春天
020　　秋　韵
023　　秋　情
025　　秋的挽歌
027　　瑞雪赞
029　　雪夜抒怀

1

目 录

【黄土情】

- 033　支农小曲
- 035　黄土地，我生命的热土
- 039　在黄河大桥上
- 043　故乡的小河
- 046　黄河古渡
- 049　黄河情
- 054　老黄牛的诉说
- 056　校园掠影
- 059　乡　情
- 061　小河之歌
- 064　一溜湾即景
- 069　托克托的祝福
- 074　东胜卫怀古
- 078　焚香广宁寺
- 081　故乡的路
- 084　礼赞准格尔

目录

088　黄土情

【山河秀】

093　你好，祖国
098　庆回归
101　生命之歌
105　真情永远
109　心　愿
112　空中，那亮丽的彩虹
115　五星红旗在世博园升起
119　月宫行
122　圣火之旅
127　那一夜，神州无眠
131　岳王墓感怀
134　游长城
138　登泰山
143　旅游感怀

目 录

145	古战场
148	"九·三"感言

【花鸟语】

153	牡　丹
155	兰　花
157	腊　梅
159	秋　菊
161	牵牛花
163	鸳　鸯
164	天　鹅
166	燕　子
169	翠　竹

【知心话】

173	致母亲
174	致红衣姑娘

目 录

177	比翼鸟
180	伤　逝
182	百字令·念
183	寻
184	望　空
185	无　奈
186	风中的记忆
187	继母情

【离人泪】

191	一剪梅·含泪诀别
192	长相思·痛君离
193	双头莲·悲送爱妻
195	八声甘州·生死情真
196	念奴娇·夜阑无寐
198	永遇乐·人去楼悲
200	诉衷情·难收涕泪
201	苏幕遮·来世化连理

目 录

202　七律·咏志
203　七律·心迹
204　御街行·幽径独垂泪
205　七律·除夕思贤人
206　七律·思亲感悟
207　落红吟

209　**跋**
213　**后　记**

四季風

迎春曲

生命的春天来了
脱去严冬的衣裳
昨夜的风雪
已变成报春的花香
大地调匀了呼吸
山峦整理着时装
一身傲骨的红梅
在寒冷中迎风绽放

春天来了
又见去年的景象
掬一掬青山的瑞雪
潮湿了心中的荒凉
燕子衔几声呢喃
唤醒了越冬的生命
遍野的绿意
写满平原山岗

一年之际在于春啊
春天是想象的夸张

春天的诗,韵味深远
是生命的吟唱
春天的歌,热烈而浪漫
是激情的交响
春天是启航的船
激流勇进,驶向远方

回眸这季节的风韵
万物在春风里张扬
那蓬勃的生机和活力
蕴含着多少爱的芬芳
啊!写不尽的春去春回
看不完的花开花落
把春的繁花绿叶
细细梳理
打包成收获,打包成梦想

置身在桃李纷飞的季节
沐浴着大自然的灵光
对生命的理解
就是对春天的赞赏

热爱春天吧

把春的故事细细珍藏

随着春风春雨

心随花季

飞到夏的阴凉

　　　　　　　　1976年5月

春 雨

你从天外走来,
悄悄地把春讯带给人间;
飘向山林,飘向原野,
飘落在人们的心田。
春姑娘婀娜的身影,
传达了你播撒生机的心愿。

山川喜欢你的潇洒,
林木钟情你的缠绵,
百花眷恋你的亲昵,
芳草企盼你的爱怜……
大地敞开宽广的胸怀,
舒展生命的画卷。

你从不挑剔,
公正、公平是你的信念。
哪怕是荒山野岭,
同样送去一份甘甜。
你舞着笑着说话,
点点滴滴化作信念。

你好像在向人们许诺,
金色的希望并不遥远。

当彩虹挂在天上,
世界变得这样和谐。
日月星辰大放异彩,
日历翻开新的一页。
在春雨中耕种爱情吧,
在朦胧中彩绘明天……

1977年3月

小 草

是泥土甜甜的亲吻
是春风轻轻的呼唤
新的生命露出了头角
啊！看见了，那神奇的世界

分享到一缕阳光
饱尝了雨露的甘甜
呼吸着醉人的清风
生命在温馨中舒展
在同一片蓝天下
一样有生存的空间

没有马兰花的清幽
没有桃杏花的娇艳
没有刺儿梅的蛮横
没有大树的威严
依偎着厚厚的泥土
不想看他人的眉眼

从来不愿去争春

却皴染了大地一片
连天芳草
本就是一道亮丽风景
以生命的全部来装点春天

1977年4月

炊 烟

东方刚刚露出晨曦
村村落落升起缕缕炊烟
炊烟把霞光轻轻托起
和村庄、田野热烈成生命的画卷

炊烟袅袅娜娜
像飞天神女一样舞姿翩翩
有时西风吹折了它的腰肢
不屈的头颅依然向着蓝天

炊烟从远古走来
伴随着人类的日日夜夜
从刀耕火种到现代文明
生命在烟火中不断续延

当炊烟渐渐散去
原野山川绽放笑颜
人们用勤劳的双手
继续描绘那锦绣家园

1978年5月

夏 锄

头顶湛湛蓝天
身穿粉红色的衣衫
在碧波荡漾的麦海里
身影儿像一只轻快的小船

那是一位年轻的姑娘
正在梳理大地的秀发容颜
锄头在麦垅里轻轻晃动
丰满的身上流淌着青春的血液

她用父辈教会的技艺
拨弄着春播夏种的琴弦
慢锄像姑娘绣花
快锄像响箭离弦

锄出小麦拔节
锄出小麦分蘖
锄头上的三分水
浸润着脚下的沃田

好多年轻人涌向城市
去寻找新的生存空间
唯独姑娘紧握着锄把
厮守着心中那片芳园

噢！原来是在另一块麦田里
小伙子正在做高产试验
他和姑娘双双约定
用生命和科学把爱情书写

辛勤感动了厚重的泥土
汗水映照出成功的喜悦
试验田结下爱情的果实
也迎来了丰收的明天

1978年5月

绿 叶

从叶片凋落的枝头

抖落了冬天的残雪

翩翩起舞的燕子

衔来一缕春色

杨枝吐翠,柳絮飞花

在春风的轻吻中

渐渐舒展成浓浓的绿叶

转眼已是绿肥红瘦

阳光浪漫了季节

绿色拥抱着世界

泼洒出浓墨重彩的盛夏

桨声灯影中的荷池

合欢、月季附庸着风雅

请不要辜负这绿色世界

在浓浓的绿荫中

晨赏玉露,晚看落霞

菊花开尽

金风消减了繁华

是春的嫩绿,夏的艳丽

包装成秋的富有和潇洒

可惜万物在春天里相识

却又在秋日里相别

年年岁岁,寒来暑往

人间总是花开花落

带着无声的惋惜

从相依的枝头落下

叶片以悠闲的舞姿

一半儿送于西风

一半儿和成泥巴

自信在生命的轮回中

没有做匆忙的过客

只待来年,春风吹过

生命再一次鲜活

那时节,依然傲立枝头

展示那春的颜色

1978年5月

历史的春天

春天来了
迈着轻盈的脚步
春天来了
沿着弯曲的山沟和田间小路
即将探头的野草
惊醒无数幼小的生命
温柔、湿润的风雨
招呼着枝头吐翠的杨柳
腊梅树满缀待放的花蕾
草地上散发出马兰花的清幽

春天来了
驱走肆虐的寒流
春风里弥漫着春的气息
冬天的臃肿变成春的轻柔
青春靓丽的少男少女
在春的氛围中翩翩起舞
轻歌圆圆,曼舞悠悠
尽显新一代的潇洒、风流
他们把人生的美好和希望

演绎得那样自信、自由

解冻的河水流淌着春天的故事
人们的喜悦从眉头直到心头
只因那开拓进取的襟怀
萌生成永不止步的奋斗
海阔天空的自由竞争
赢得从未有过的丰收
一杯杯美酒举过头顶
大家互道祝福,互致问候

春风唤起甜蜜的回忆
也是春风春雨的时候
春风吹破了琉璃瓦
吹不灭三十年前那烈火般的企求
丢了东丢了西
丢不掉开放政策的感受
停了风停了雨
停不下三十年的追忆
忘了天忘了地
忘不了指明航向的领袖

公元一九七八年的那阵春风
吹遍古老文明的赤县神州

天空的阴云渐渐散尽
真理的光芒冲破层层迷雾
霓虹灯开始大放异彩
广告画贴满城乡的街头
春风荡涤尽久封的尘埃
进取的豪情蓄势已久
那改革开放的潮水啊
汇成波涛浩荡的江流

从那时起
春风染绿了山川林木
沙漠的幻影变成芳洲
乡村渐渐发展为城镇
平房拔节成一幢幢高楼
改革,繁荣了城乡经济
创新,升华了民族的睿智
开放,拓宽人们的视野
成功,收获了希望和富有

从那时起
社会开始变得安定
打斗受到无情的诅咒
互敬互爱俨然是一种时尚
友谊变得天长地久

团结,高尚了人们的情操
和谐,演绎成民族之秀

从那时起
科学受到全社会的尊重
掌握知识成为极大的享受
十年树木,木已成林
代代英豪在赶超世界潮流
催生了绿色革命
推动了工业进步
强大了国防建设
一切天灾人祸乖乖低头

从那时起
"一国两制"加快了统一的步伐
祖国的强大是牢固的基础
昔日龌龊的敞篷小船
变换成军舰在公海里巡游
曾经的弱国走向豪迈
在世界的舞台上大显身手

啊!三十年的历程
三十年的改革之路
三十年的喜怒哀乐

历史的记忆将成为永久

三十年的风雨
三十年的拼斗
三十年的发展、创新
定格为世代不变的追求

又一个新的征程开始了
请踏着时代的阶谱
又一个辉煌事业的机遇来到了
请放开嘹亮的歌喉
在轻歌曼舞的旋律中
要加快前进的节奏

2009年3月

秋　韵

秋天的太阳,
微笑成一脸慈祥。
金风细碎的脚步,
搀扶着黄花,
洒下一路凉爽。
满园飞红片片,
带着一生的精彩,
略显出淡淡的忧伤。

那些山榆、岸柳,
还有古槐、白杨……
在时序的轮回中,
诠释了生命的过往。

漫山遍野的庄稼,
以丰收的容颜,
披上秀美的时装。
成熟的身姿,
装扮成庆典的舞台,
把收获的赞歌唱响。

一曲天籁之音,
把春华秋实、
四季的繁忙,
把风声、雨渍、
汗滴、禾长……
用生命不朽的音符,
合奏成田园的交响。

这是一幅幅农村的风俗画,
以传统的色调,
镶嵌成绚丽多姿的画廊。

这是一种泼墨的手笔,
渲染了火热的农村生活,
颂扬了尧天舜日下的喜庆、吉祥。

赞美吧,新农村的秋天,
那一道道亮丽的风光。
此情此景,
何不摄下美好的瞬间,
定格为时代的影像?
或者请文人墨客,
以生花妙笔,书写绝妙文章?
而且,让诗人的激情,

像大江大河,

澎湃出赞美的诗行……

1985年8月

秋 情

走过如诗的春天
走过一季的落红
秋天,以一种浪漫的情怀
轻轻留下岁月的划痕
是大自然的神奇构想
是大手笔挥洒的豪情
揽天地的灵气
秀日月的姿容
打包成沉甸甸的丰收
——农民心目中的图腾

秋枝枯萎了花瓣
却没有悲情
秋水冷淡了月色
却依然轻盈
秋雨打湿了繁华
却没有消沉
秋风吹折了芳草
却没有惨淡的留影
繁花凋谢

是自然的美丽

黄叶飘零

也是一道亮丽的风景

秋天走了

只带走时光和清风

没有惋惜，没有伤痛

只有精彩的谢幕

和谢幕时的儒雅、淡定

不去死守秋的瑰丽

把全部收获馈赠给严冬

岁月的磨砺

成就了它的大度、从容

秋天走了

来年，又将是怎样的情景

不要去做无谓的猜想

不要去做悲秋的呻吟

请聚会在茶楼酒肆

请在温馨中浅酌慢饮

尽情享受秋的成果

笑谈中体味浓浓的秋情

1986年9月

秋的挽歌

太阳渐渐远去，
冬的脚步慢慢走近，
深秋的颜色，
布成满脸的愁云。
金风啊，别把无情装满衣袖，
房走秋菊的倩影；
苍天啊，别把冷酷写在脸上，
撕碎金色的秋梦。
即将飘飞的雪花，
别太冷落了小河；
淡忘的记忆，
别把丰收的故事葬送。

秋天，从开天辟地中走来，
是四季轮回的一瞬。
它旺盛了人间烟火，
续延了春夏之梦。
它走过寒暑，历经风雨，
打造出人间的万种风情。
它显示了民丰物阜，风调雨顺，

它象征万物和谐,四海升平。

季节不再徘徊,
天空绷紧了冰冷的神经。
秋的挽歌在落叶飘零时唱起,
那潇洒的舞姿,
浪漫成季节的风韵。
花开花谢,草木荣枯,
是自然的规律,
寒冬过去,
又是一个阳春。
期盼在新的一年,
万物和谐,风调雨顺,
金风送爽的时候,
又是一个丰收的年景!

1987年9月

瑞雪赞

天女散下漫天梨花

向人间款款致意

带着天外的祝福

驱散了无奈和晦气

飘向天涯海角

飘向山林草地

雪花旋出的舞姿

让世界充满情趣

你和松柏相拥

你和腊梅亲昵

空空竹节

窥探你心中的秘密

岁寒三友的邂逅

生动了季节的话题

你把寒冷凝结的冰花

装扮成冬的美丽

你有时疯狂而残暴

那也是奉献，绝不是索取

你随着日月的轮转

冰冷了世界

冰消雪融

是送给春天的信息

最多的还是温柔

冷若冰霜，却倍感亲昵

在我额头轻轻一吻

融化了冰冻的记忆

是的，因为你

我的诗魂才那样清醒

心灵跳动的韵律

才像你一样新奇

从此，我将用洁白的思维

书写生命的真谛

歌颂纯情

歌颂壮美

1990年10月

雪夜抒怀

阵阵寒流
凝聚了四季的风雨
飘飞的雪花
是向秋的告别
不再是文人雅士伤秋的泪滴
雪花是梦的结晶
是凝练的诗句
那晶莹的六瓣形
蕴含着纯洁
展示了壮美
当雪花撒遍原野山川
世间便没有了尘埃及污秽

面对冰清玉洁的世界
胸中的郁闷不再淤积
冰雪融成心河
流入那片方寸天地
就像走过春的温馨
眼前是一片繁华翠绿
就像是喝了醇香的马奶酒

脸上的桃花泛成醉意
此时此刻
多少年的艰难坎坷
多少年的人生风雨
连同难言的伤感
挥一挥手
都化作云卷云飞

风舞梨花的雪夜
有一种含蓄的美丽
雪花亲吻我的脸颊
清醒了冰冻的记忆
那些茫然失去的岁月
沉淀着悔恨的往昔
不再去追寻闲云野鹤的风雅
不再去体验寒江独钓的情趣
人生的路上
从此不再凄迷
为了似水年华
为了心中的梦想
且去浅酌慢饮
做一次彻夜的沉醉

1991年10月

黄土情

支农小曲

汽车飞奔,

扬起烟尘,

"支援农业"的旗帜,

在我手中擎。

汽车飞奔,

喇叭轰鸣,

我快乐的心啊,

伴随着马达跳动!

跑过平原,

穿过森林,

跨过激流,

绕过白云……

巍巍青山伸开双臂,

涛涛大河跳跃欢腾,

宽阔的道路轻轻铺展,

满天云霞壮我行程!

雄鹰从头上掠过,
田野的风撩开衣襟;
坐下的车啊快快跑,
洒一路笑语,飞满天歌声。

农村的山啊,农村的水,
山河壮丽,慰我平生;
农村的天啊,农村的地,
沃野千里,育我灿烂青春。

壮志啊今始酬,
豪气啊贯长虹,
知识青年到农村去,
滚一身泥巴,炼一颗红心!

1964年3月

黄土地,我生命的热土

黄河岸边

枣林深处

窑洞门前那片黄土地

是我生命的热土

滚滚黄河从门前流过

远古的生命从这里开始

我曾多次猜想

是不是这黄土黄水

洗染成我褐黄的皮肤

从儿时起

滚滚黄水便融入我血液

狂野的风沙曾亲吻我的肌肤

是那苦涩的井水、金黄的小米

孕育了我的生命、我的体魄

是那沙的凝重、土的深沉

打造成我的坚强、我的成熟

是古老的文明、厚重的文化

拓展了我的理想、我的信念

那精心的哺育、深情的付出

迸射出灵与肉般的感触

黄土地从开天辟地中走来
演绎成天长地久的故事
童话的传说融入现代文明
编排成厚厚的页码
镌刻在我灵魂深处

广袤的黄土地
连接着美丽的沙丘
在遥远的天际
多次上演北国的"海市蜃楼"
顶着阳光的曝晒
甚至接受暴风的怒吼
怀着童年的心事
曾拼命追看过大漠的神奇景致

有时，我登上高高的山梁
在沟沟坎坎中寻密探幽
山涧里的泉水，笑着跳着
热闹了寂静的河沟
一条条银色的小溪
环绕着肥沃的土地
灿烂了农民的笑脸

丰盈了充满希望的金秋

我多次去草原放牧
躺在柔软的草地上
任由清风拂面，阳光爱抚
蓝天白云下
羊儿悠闲自在
享受大自然的恩赐
百灵鸟唱着动听的歌
和远方的信天游
交汇成和谐祥瑞的音符

黄土地，神奇而敦厚
先民们以勤劳的双手
耕耘着收获和富有
教我学会了春播和夏锄
教我懂得了生存和奋斗
人世间的烟火
续延着生命的欢乐与忧愁

我爱你，黄土地
爱，是真诚地付出
我想用笨拙的双手
抹去你昔日的荒芜

甚至想化作一支彩笔

浓墨重彩

绘出漫山遍野的芳草绿树

或者用诗的语言

讴歌你充满希望的前途

最重要的,是把对你的爱

根植在心底,天长地久

黄土地,我生命的热土

1997年6月

在黄河大桥上

我站在黄河大桥的桥头,
看黄河之水滚滚奔流;
浪花拍打着岸边的碎石,
也拍打着我跳动的胸口。

我站在黄河大桥的桥头,
遥望沙滩上的白杨、翠柳;
河东是赭色的、黛色的山峦,
河西是库布其沙漠的沙丘。

巴彦喀拉山的雪水,
汇集了无数清泉和溪流;
五千多公里长的血脉,
连接着神州山川的筋骨。

百折不回是意志的体现,
排山倒海是气势的显露,
喜怒无常是惯有的性格,
黄河啊!你永不疲倦,永向东流。

黄土情

从渤海之滨到叶古综列滩的源头，
你孕育着取之不尽的乳汁；
当生命在你怀中诞生的时候，
中华文明也从此起步。

滚滚不息的黄河水啊，
流过千万个冬夏春秋；
透过那深沉的、淡黄的面纱，
能看到你往日的欢乐与忧愁——

在很古、很古的黄河岸边，
一直栖息着人类的先祖；
从刀耕火种到近代文明；
黄河之水哺育了伟大的中华民族。

两岸广袤的土地上，
先人们世世代代辛勤耕织；
河面上不时飘来艄公的号子，
河岸上爬行着一队队纤夫。

滔滔河水随着岁月流走，
也流逝了人们对光明的追求；
饥荒、战乱和野马般的洪水，
给人们带来的灾难啊，难以计数。

在沙漠中、河面上、峡谷里,
各族人民上演过无数次生死搏斗;
汗水、泪水搅和着血水,
叙写出中华民族灿烂的春秋……

啊!黄河,你日夜奔流,
人世间沧桑巨变,你却容颜依旧;
当浪花奏出新的乐章,
那已是春回大地的时候。

山坡上荡起欢歌笑语,
田野里跑着现代化的"铁牛",
阳光照耀着广阔的大地,
一年年都有金色的丰收。

深山里树起一排排电杆,
沙漠中建起一幢幢高楼,
岸边的纤夫失去踪影,
巨大的轮船在上下游行走。

三门峡的鬼斧神工,
拉开了治山治水的序幕;
万家寨大坝,小浪底截流,
使你变得这样驯服,这样温柔!

啊！黄河，你日夜奔流，
流逝了苦难，流逝了忧愁。
当新世纪到来之际，
神州大地迎来新的战斗。

西部大开发的号角，
响遍人类居住的地球；
你新一代的英雄儿女，
绘制出一幅幅改天换地的蓝图。

啊！黄河，你日夜奔流，
中华民族开始了新的追求；
新的时代赋予你新的使命，
你从来没有像今天这样充实、富有。

啊！黄河，你日夜奔流，
欢快的浪花亮起时代的歌喉；
歌唱红火的年代，歌唱火热的生活，
祝愿伟大祖国万代千秋！

1980年8月

故乡的小河

很早很早的时候

小河水便流经我的故乡

流淌的生命

鲜活了岸草,婆娑了白杨

那水中的游鱼,岸边的候鸟

活现了田园情趣

渲染了令人心醉的风光

小河水来自天外

流出了千百年的地老天荒

小河水流向哪里

竟日东流

诉说着岁月的沧桑

那沟沟坎坎的梁头

弯弯曲曲的河道

写下百折不回的坚强

当灿烂的云霞喷薄了朝阳

当袅袅炊烟苏醒了村庄

清脆的牧鞭

驱赶着嘶鸣的牛羊
光屁股的孩子嬉戏、打斗
在小河里追风逐浪
姑娘的笑声、捣衣声
声声入耳
和岸上的情歌款款碰撞
啊！这天然交响的乐曲
在小河的上空悠扬

那时候
河水亲吻我的肌肤
河浪抚摸我的胸膛
那岸草、垂柳、野花
编织成朦胧的心事
融入春的温柔、夏的热烈、秋的芬芳
即使在寒冷的冬天
冰上的圆舞
也能滑出童年的梦想

如今，小河水干涸了
到处是机械的轰响
憔悴了的往事
只能在记忆中忧伤
唯一不变的

是那株佝偻的岸柳

依然在风中张望

1985年秋

黄河古渡

这里是繁华一时的水旱码头,
这里是行人来往的渡口。
名播塞外的"君子津"[1],
蕴含着民风的古朴淳厚。
古往今来的文人墨客,
挥洒下满纸的诗文,
道尽这千秋佳话——
黄河古渡的一段风流。

携着世纪的云烟,
去探寻以往的脚步。
我想问岸边的杨柳,
你系住过多少次漂流的孤舟?

---

[1]君子津:《水经注》载:皇魏桓帝十一年,西幸榆中,东行代地,洛阳大贾赍金货随帝后行,夜迷失道,往投津长,曰子封,送之渡河。贾人卒死,津长埋之。其子寻父丧,发冢举尸,资囊一无所损。其子悉以金与之,津长不受。事闻于帝,曰"君子也",即名其津为君子津,津在云中城西南二百余里。
　　君子津为黄河上游与中游分界线以下百公里以内的一处古渡口。具体位置学界尚有争论,一说在内蒙古呼和浩特市托克托县河口,一说在喇嘛湾以南的榆树湾村附近,一说在托克托旧城。
　　君子津这个承载了千年传说的古渡口,它早已不再是一个地名,而是正直无私、淳朴善良、诚信仁爱的黄河人民的象征,是中华民族传统美德和优秀品质的象征。

百年前的渡船上,
是否预约了今生的心事?
浪花满含着泪花,
流不尽呜咽的黄水;
那倾诉衷肠的长亭,
有多少心碎的颤抖?
把思念交给了烟波,
孤帆远影,
载得动多少离愁?

那岸边的云岩,
为什么总是愁锁眉头?
是担心来往的客商,
诚信是否依旧?
还是感叹弯腰驼背的纤夫,
终于走到苦难的尽头?
随风远去的白帆,
流浪成昨天的故事;
艄公们高昂的号子,
悠扬成遥远的问候。

如今,古渡下面的游船,
轻轻驶过岁月的沉舟。
游船上的靓男倩女,

闪亮着时尚的衣袖。
河水激起的波澜,
拍打着飘流的歌声;
千帆驶过,
最美的仍是那深情的挥手。
去拥抱五彩的生活吧,
去拥抱一路的锦绣,
去领略大自然的风光,
把美好摄入年轻人的心头。

啊!
古老的渡口新生了,
青山颔首,
白云悠悠。
浪花追赶着岁月,
河水流淌着春秋。
流出了跨河大桥,
流出了雾锁的高楼,
流出了新生活的希望,
却流不走心中的怀旧。

1990年6月

黄河情

每一次站在黄河岸边，
历史的烟云便飘浮眼下。
那远去的黄河，
究竟流走多少个岁月？
从儿时起，我就知道，
黄河之水日夜奔流，
从秋流到冬，从春流到夏。

滚滚东去的河水，
孕育过多少动人的传说？
汹涌澎湃的涛声，
是天籁之音，
是古朴的音乐。
纤夫们失去身影，
点点白帆成为人们的牵挂。
只有文人墨客的诗文佳句，
渲染了山川的灵秀，
弘扬了古代中华文化。

黄土情

那河岸上的杨柳,
见证过多少次悲欢离合?
好多年了,好多年了,
在晨风暮霭中,
望着孤帆远影,夕阳西下,
那条条柳丝,
系着不尽的思念,永远的牵挂。

面对中华民族的母亲河,
止不住豪情勃发:
不由得喊几声船夫的号子,
唤起那古老而悠远的传说;
唱几声黄河船夫曲,
彰显一下黄河的风采;
朗诵几首名人的诗句,
努力把赞美的感情升华。

有人说黄河从不驯服,
像一匹脱缰的野马;
我却认为这放荡不羁,
正是黄河特有的性格。
有人说黄河之水混浊不清,
污水横流,泥沙俱下;
我却认为黄河之水清泉多,

泥沙和泉水一样纯洁。

黄河从崇山峻岭中走来,
成为中华大地的脉搏;
黄河向大海走去,
金色的缎带连接着华夏。
那巨龙般的身影,
是中华儿女的风采;
那宽宽的胸怀,深深的旋涡,
蕴藏着中华民族的喜怒哀乐。
伴随着时光的流逝,
忍受着无情的践踏;
黄土高坡,大漠山川,
记录下世代相依的情结。

作为黄河人的后代,
自幼在河边长大。
是黄河无私的恩赐,
铸就我的筋骨,我的生命。
那流淌不息的黄河水,
就是我的激情,我的热血;
那永不后退的信念,
唤起我的理想,我的追求;
那百折不回的坚强,

锤炼了我的意志,我的人格。
这生生不息的生命啊,
传承着褐黄的肤色。

每当说起我是黄河人,
心中就有一种说不出的愉悦。
是的,我是黄河母亲的儿子,
黄河是我形影不离的魂魄。
即使离开千里万里,
也时刻惦记着母亲;
即使在睡梦中,
总想对母亲有所报答。

让苍天来作证吧,
让大地把未来描画。
不管遇到山呼海啸,
还是遭逢雾露霜雪,
誓言是不变的信念,
生命会永远发光发热。

让爱成为一种永恒,
让行为成为一种跨越;
让污水消踪灭迹,
让河水永远清澈;

让风沙止住脚步,
让两岸多一些绿色;
让母亲永葆青春,
世世代代激浪飞花!

1992年5月

老黄牛的诉说

看到突突奔跑的铁牛,
我心中感到十分困惑,
这笨重喘气的家伙,
居然也能耕种耱耙?

我曾有过昔日的辉煌,
十多年来听到不少赞誉的评说;
春耕、夏种、秋收、冬藏,
哪一样不是干得十分出色!

辛勤地付出得到回报,
主人脸上常露喜悦;
精心地喂养,用心地呵护,
"我要靠它致富发家"。

而今,有了这铁家伙,
每天我只能泪眼巴巴,
被冷落的滋味真不好受,
主人连正眼也不看我一下。

听说要把我当作肉牛,
拉出去卖个高价;
有道是"老牛力尽刀尖死",
我的命运就是任人宰割?

更可怕的是我的子孙,
年纪轻轻就要被屠杀。
人啊,真不是好玩艺儿,
全不记我辈世代奉献的情结。

最恨的就是那铁家伙,
才使我的命运这样窘迫;
哼!别看你现在这样神气,
总有一天让你拜倒在脚下!

下辈子我要脱胎换骨,
让生命来一次质的跨越;
转生为新时代的"机器",
到那时,铁牛还不是一堆废铁!

1992年5月

校园掠影
——给一位女教师

月儿睡了,
星星眨着疲惫的眼睛;
蟋蟀不鸣了,
青蛙也躲入草丛。
深沉低垂的夜幕,
包容了校园的倦意;
辛苦一天的学子,
沉入甜甜的梦境。

好静的夜啊好清的风,
人们享受这短暂的宁静。
可是,办公室的灯又亮了,
灯光下出现一位姑娘的身影。

哦!那是一位年轻的女教师,
办公桌上,她的秀笔轻轻移动。
灯光下,姑娘的脸儿绯红,
灯光下,姑娘的心儿跳动。
姑娘啊,是要给父母送上问候,

还是给心上人寄去一片深情?

不,年轻的教师还未涉爱河,
她心儿像雪一样晶莹。
姑娘一心扑在心爱的工作上,
事业是她爱情的组成部分。

此刻,她正在批改作业,
面前堆放着一摞摞书本。
她用春天的温暖化解愚昧,
她用女性特有的细腻雕玉琢金。
她时而微笑,时而又凝神,
时而蹙眉,时而又兴奋。
是的,哪怕是一丝一毫的错误,
也让姑娘痛心疾首;
哪怕是一点点新奇的创意,
也让姑娘激动万分……

世界上什么工作最辛勤?
是育苗的园丁;
世界上什么事业最神圣?
是教书育人;
世界上什么人最受尊重?
是教师——付出心血却默默无闻。

花木在微风中摇曳,
阳光洒下浓浓的温馨。
看到枝头待放的花蕾,
姑娘止不住内心的激动。

让花儿快快绽放吧,
让树木快快成林。
待到春花一片灿烂,
待到春天绿树成荫。
那时候,事业和爱情同获丰收,
鲜花和赞誉见证姑娘的美丽人生!

1993年6月

乡 情

剪不断理还乱的乡愁
把梦中的思念拉长
天涯路,路漫漫
让游子插上风的翅膀
跨越长城边陲
翻过道道山梁
在候鸟落足的黄河岸边
回到生我养我的地方

抓起一把泥土
闻闻它的清香
岁月流过的那些往事
依稀散落在街头、小巷
捡起几片记忆的碎片
依然亲切,也叫人感伤
因为,那是梦的结晶
是儿时心中永远的珍藏

门前的河水不再流浪
高高的大坝锁住山洪的疯狂

小船儿在河面上划过
击碎了水中的潋滟日光
几对青年男女,荡荡悠悠
把欢声笑语撒向渔网
渔歌互答,绿水荡漾
宽阔的河面
浪漫成江南的水乡

故乡的路曾载满忧伤
故乡的原野曾种满荒凉
如今,小路已不再弯腰驼背
光滑的路面伸向远方
舞引东风,歌翻绿浪
到处黄了大豆,红了高粱
来来往往的汽车,喇叭声声
装载着成熟和丰收
运送着未来和希望

啊!故乡变了
变得这样时尚
我赶紧按下快门
摄下一幅幅时代的影像
企盼着在下一个轮回中
让子孙后代翻过历史
续写故乡新的篇章

1994年8月

小河之歌

我是一条弯弯曲曲的小河,
从黄土地上缓缓流过,
几千年的流淌不息,
记录下山高水长的传说。

我从远古走来,
日月星辰在我的视野起起落落。
春夏秋冬,寒来暑往,
这条跳动的血脉,
曾经滋养了世世代代的人间烟火。

我不知道理想是什么,
只希望大河大海是我最终的寄托。
没有江河的巨浪,
没有大海的扬波,
而我隐约感觉到,
江河湖海的浪花里,
有我的身影在闪烁。

我一直向前,

欢乐跳动、百折不回是我的性格。
我很温柔,
和青蛙小鸟唱歌;
春风吹来的时候,
和岸草、野花一齐婆娑。
有时我也很疯狂,
会舞出含有醉意的旋涡,
甚至在愤怒的时候,
把浪花撞成飞沫;
那是因为沙滩和暗礁,
干扰了我正常的生活。

当我流进农田,
分明感觉到农民心中的快乐。
当我流进草地,
听到牧马人的歌声和河水一样清澈。
当我流入山谷,流过平原,
那铁骨铮铮的山岳,
那广阔无垠的沙漠,
那茂密的森林,
那丰收的稻禾
向我投过羡慕的眼光,
吹来四面的薰风,八方的唱和。

啊！一路走来，
我看到一个欣欣向荣的祖国。
高山，大河，平原，
祖国是这样富饶辽阔！
那惊世骇俗的见闻，
加快了我跳动的脉搏；
我要把日新月异的变化，
浪漫成激情澎湃的诗作！

祖国啊，我热爱你，
将永远依偎在你的心窝。
日夜奔流，永不停歇，
亲吻两岸的沙滩、云岩，
摄下五彩缤纷的景色。
让那飞逝的浪花，
激动成人间最美的花朵！

1995年4月

一溜湾[1]即景

我顺着一溜湾漫步，
玩味这古老而特定的名字；
东边的山梁沟沟坎坎，
铭刻下久远的历史。

黄河从梁头下流过，
夹带着大量泥土；
河面到此宽阔而平缓，
浪花把沿途的经历倾诉。

古老的中华地域辽阔，
黄河之水孕育了中华民族；
海生不浪[2]台地上的先民，
不就是这里的人文先祖？

为了远离兵灾匪患，
躲进这一个个天然城郭；

---

[1]一溜湾，托克托县黄河故道河床，顺着山梁曲曲弯弯地向东南延伸，统称一溜湾。
[2]托克托县有名的旅游景点。

一代又一代繁衍生息,
一年又一年辛勤耕织。

多少年风风雨雨,
汗水和泪水洒向这一溜热土,
如今,欣逢尧天舜日,
彻底告别往日的悲苦……

我顺着一溜湾漫步,
远望长势喜人的玉米、大豆;
鲤鱼不时跃出水面,
嘿,那是一个个精养鱼池。

宽阔的公路西边,
是人工挖掘的南湖;
一丛丛芦苇枝叶繁茂,
翠鸟在其间穿飞、啁啾。

深绿色的湖水波光粼粼,
柳叶在湖面轻轻漂浮;
游船上荡出欢声笑语,
渔歌互答,让游人如醉如酥。

环境优雅的奶牛养殖场,

排列着一栋栋牛舍、房屋；

挤奶姑娘们潇洒而自信，

牛奶的香味从奶罐中溢出。

传说中的广宁寺召，

曾经是善男信女祈祷的去处；

十年浩劫使它化为灰烬，

不久，复原的寺院将重见天日。

海眼神泉[1]的四周，

有一幢幢古色古香的建筑；

这独特的人文景观，

引得车水马龙、游人如织。

一溜湾，昵称葡萄湾，

家家户户栽种葡萄、果树。

葡萄树一湾又一湾，一坡又一坡；

葡萄成为这里的产业支柱。

每年的八九月间，

成熟的葡萄开始上市；

云中大街成了葡萄市场，

远方的客人纷纷前来采购。

---

[1]托克托县有名的旅游景点。

我顺着一溜湾漫步,
拨开草丛,撩起垂柳。
眼前的一幕幕景象,
催促我加快行进的脚步。

"顺子号"[1]的亭台楼阁巧夺天工,
一条巨龙在空中盘旋、飞舞。
万里黄河流向哪里?
诗人把酒临风,登高极目。

黄河拐弯的岸边,
标牌上写着"黄河古渡"[2];
河面上没有昔日的帆船,
更没有赤脚驼背的纤夫。

拖轮把我们载向对岸,
库伦[3]沙丘下一派葱绿;
生态园里瓜果累累,
四季都能吃到绿色食物。

凌空飞架的蒲滩拐大桥,
把黄河两岸紧紧锁住;
车流人流来往不绝,

---

[1][2][3]托克托县有名的旅游景点。

"隔河千里远"已成往事。

规模宏大的引黄工程,
把河水引入梁上的净化水池;
清澈的河水流向"托电",
不久,还将流进千家万户……

啊!一溜湾,古老的湾,
每个湾里有一个动人的故事。
一片片土地,一条条沟坎,
仍然是人们生命的基础。

一溜湾,发展的湾,
新兴产业在这里起步。
用科学技术创造价值,
农民把眼光瞄准各大城市。

一溜湾,前进的湾,
黄河儿女依恋的一溜希望之土;
像一只巨大的航船,
已鼓起风帆,破浪行驶!

1996年5月

托克托的祝福

每当我登临托城古老的城堡,
遥望远去的黄河,
天边的流云,
起伏的山丘,
脑海里就闪现出故乡的影子,
那清晰的轮廓,
线条分明的地图。

每当我漫步在故乡的田野,
望着火红的高粱,
碧绿的大豆,
齐腰的糜黍,
便不由地抓一把泥沙,
闻闻它的清香,
让醉人的风轻轻地吹拂我的衣袖。

这里是塞北高原的一角,
黄土高坡连接着黑河流域的沃土。

"两河"[1]之水孕育了古代文明,
海生不浪台地上的烟火点燃了生命的历史。
漫山遍野是谷子、高粱……
广阔的田野播洒下世世代代的辛苦。

我曾有幸去各地漫游,
到过两广、云南、贵州,
曾经远涉新疆、西藏,
也曾留连于美丽的西湖……
江南的茂林修竹、明山秀水,
明亮了我的眼睛;
那清澈如镜的泉水,
净化了我的肺腑。
然而,无论走到哪里,时刻挂怀的,
是浑浊的黄河浪花,
咸咸的井水,
不太纯正的老酒……
这都是我生命的营养,
——甘甜醇香的乳汁。

我曾登上华山、泰山……
饱览了名山大川神奇景致。
黄山,含情脉脉的少女;

---

[1]指黄河与黑河。

庐山，薄纱遮面的少妇；
那斧钺劈削的华山，
彰显出男子汉的威武。
然而，最爱的是故乡绵延的丘陵，
沟沟坎坎的山梁，
连绵不断的阡陌，
这才是塞外特色，北国的风度。

我曾到过异国他乡，
目睹了异域的人情风物。
那意大利的球赛，
西班牙的斗牛，
罗马假日的狂欢，
黑人姑娘的舞姿……
然而，故乡的影子时刻萦绕脑际，
剪不断的是永远眷念的情愫。

有多少个不眠之夜，
脑海中梳理着一个个故事——
故乡的发展
已规划出宏伟的蓝图。
电力工业稳稳安家，
新兴产业相继落户。
拔地而起的高楼大厦，

替代了视觉疲倦的平房;
伸向蓝天的烟囱,
在空中播云吐雾。
超凡脱俗的人文景观,
占尽风水,得天独厚;
神泉山庄的泉水流淌着现代文明,
塞外古郡讲述着遥远的故事;
黄河大漠风情荡涤尽一切烦恼,
盛锦天台的金龙尽显腾飞、张扬的气势。

梁头台地的辣椒,花圪台的倭瓜,
是地道的绿色食品;
一溜湾的葡萄,别有风味的炖鱼,
大饱了游人的口福;
东沙梁的茴香,大羊场的萝卜,
源源不断地出口;
换回大量外汇,
也唤起人们的自信和追求……

啊!托克托,
我为你祝福,
即使有千万双眼睛,
也看不完你的变化;
即使有千言万语,

也赞美不尽你的气魄、风度。
只有那闪光灯的瞬间,
才能使你神奇的业绩,
成为历史,成为永久。

啊,托克托,
我为你祝福,
相信在未来的岁月,
定会有更高的目标,
更新的构思。
到那时,为你新的辉煌,
我还要大书特书。

1998年5月

东胜卫[1]怀古

那巍巍的古城墙，好多年了

你始终在风雨中守候

是不是无情的岁月

衰老了你的容颜、你的筋骨

城墙上的弹洞

镶嵌着多少人的恩怨

残垣断壁中的芳草

依然是年年春发，岁岁悲秋

那经久不变的沉默，是不是

令人心碎，不堪回首

唯有冬去春来，日起月落

伴随着黄土漠漠，黄水悠悠

城墙下面的万里黄河

澎湃了多少岁月

冰封了几度寒暑

滚滚东逝的黄水

涛声是否依旧

---

[1]东胜卫，明朝卫所，1392年（明洪武二十五年）设（一说明洪武四年筑），以后几次兴废，位于黄河折转处的东北岸托克托县旧城东北梁头上。

那曾经过往的船只

是开往战场还是商业运输

一次次装载着愚昧

去为谁生死，为谁寻仇

黄土垅中的王子[1]

永远是那样无虑无忧

你是否知道

时空尘封了你的姓名

荒草淹没了你的坟墓

斜阳草树，寻常巷陌

哪里去寻觅你的踪影

怎样才能听到你的倾诉

肩负着历史的沉重

去追寻那淡忘的往事

云遮雾罩的页码

书写着无情的诅咒

荒草丛中，城墙脚下

是先辈流洒的碧血

碧血化作的泥土

过往的云烟，飘浮的迷雾

游荡着不散的魂魄

---

[1]东胜卫西城墙外有一黄土堆，传说下面埋着一位王子。

无言的愤怒

云雾结成细雨

淅淅沥沥，如泣如诉

落下点点叹息

洗刷着积淀的哀愁

掬起一抔黄土

焚上清烟一缕

请接受这晚来的祭奠

和迟到的问候

如今啊

消弥了罪恶的战争

迎来春色，驱走寒流

头顶上是朗朗乾坤

脚底下铺满锦绣

空中大写的和谐

让仇恨失去生存的疆土

昔日的古战场

如今兴起了旅游

多少双陌生的眼睛

审视这神秘的城池

最靓丽的是那些少男少女

迈着自信的脚步

去追逐梦想

用科学和勤奋去铺路

祥和在脚下延伸

幸福是永远的追求

他们以大时代的手笔

书写着明天的风流

祝福你,古老的城堡

风风雨雨,走过几度春秋

如今,新的人文景观

展示着吉祥、和睦

人们企盼的和平

终于有了归宿

2001年6月

焚香广宁寺[1]

揽一缕拂面的清风,
携一片西天的吉祥,
步入烟雾缭绕的大殿,
去探寻宇宙人生的真相。
只因五台山的一次摩顶,
"我把虔诚燃成佛香";
缘于一次心灵的对话,
"我把祈祷诵成诗行"。
双手合十,举香齐眉,
朝拜了佛祖就是朝拜了希望。

菩提树在风中摇曳,
宝座下的莲花忽然绽放。
念动真经,口口生香,
流浪的歌不再吟唱。
打开心灵的窗户,
把福音细细珍藏。

---

[1]广宁寺:清朝时期伊克昭盟一位藏传活佛的家庙,后迁往托克托县境内黄河东岸的召湾,"文革"期间被毁,2010年开始重建。

然而，面对红尘滚滚，
我的心却依然迷茫。
乐从哪里来？
我难知其详；
苦从哪里来？
让我久久神伤。
我只知道，芸芸众生
像虫蚁一样整日奔忙。
有的居官理政，
有的事农经商，
有的坐享富贵，
有的却四处流浪。
敢问佛主，大千世界里
为什么有战争、杀戮，
为什么有灾难、饥荒？
为何小人容易得志，
忠厚、老实总是受骗、上当？
是不是尘世上多了阴险和狡诈，
缺失了诚信和善良？

无边无际的苦海，
淹没了人们的理想。
苦苦寻求的极乐世界，
路，究竟在何方？

生生不息的众生啊,
竟日祈祷,翘首盼望:
愿佛主大发慈悲,
引领众生进入天堂。
世间不再有战争,
心中不再有忧伤,
没有愚昧,没有懦弱,
只有福寿和安康。
当普天下共享佛泽,
那才是真正的功德无量!

2001年7月

故乡的路

很久很久以前，
先辈们从"雁行"[1]中走来，
追寻那梦幻中的天堂，
应和着黄河低沉的呜咽，
任由漫漫风沙恣意疯狂。
踏着岁月轮回的脚步，
落脚在青山脚下，母亲河的身旁。
凭借老天恩赐的一片热土，
开始收获欢乐和痛苦；
荒野中踏出一条小路，
在勒勒车的呻吟中渐宽渐长。

这是一条多灾多难的路啊，
几代人的脚步记录下不尽的沧桑。
路面坑坑洼洼，
装满了人间的不平；
路径弯弯曲曲，
折射出世事的曲折和凄凉。

---

[1]雁行：山西、陕西的先民走口外种地，每年春天赶着牛犋出来，秋天收获后回去，就像大雁一样春来秋回，被当地人叫作"雁行"。

黄土情

夜幕下流窜着土匪，
草丛中隐藏着豺狼；
野蛮的强盗酿成人间悲剧，
泥泞的路上血泪成行。

而今，祥和消弥了灾难，
黑油油的大路展示着新装。
舒展了佝偻的驼背，
慰平了满心的创伤。
老爷爷打量着路面上的"黑土"，
孩子们细数那往来的车辆；
餐馆的招牌招呼着行人，
两行杨柳在微风中轻扬。

走在故乡这条路上，
不由地摄下那久违的印象。
公路两边沃野千里，
展示出泼墨渲染的风采；
田野从未有过的新奇，
充实了枯竭的诗行。

春天，催生了新的生命，
夏日，到处是着了色的衣裳，
秋风，吹过满眼的金色，

严冬,收获了一年的匆忙。
绿树掩映着红色砖瓦,
俨然是一座新兴城市的模样。

感叹先辈们正确的选择,
用汗水滋养了这片土壤。
从荒草阡陌到康庄大道,
从勒勒车爬行到机械的轰响,
是勤劳和智慧的厚重铺垫,
成就了科学发展的辉煌。
如今,坐上时代的高速列车,
装载着永不停歇的渴望;
把握机遇,把握方向,
永远前进在这条阳关大道上。

2002年2月

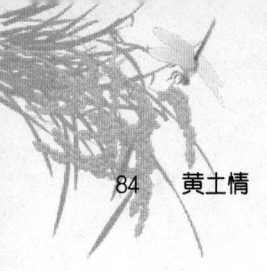

礼赞准格尔

在莽莽的塞北高原，
黄河，拥抱着这一片古老的土地；
库伦沙漠连接着沟沟坎坎，
这，就是准格尔旗。

这里有美稷[1]时代的传说，
老松树镌刻着久远的记忆；
双峰山，暖水河，太子滩[2]……
一个个名字，都像神话般美丽。

高亢、悠扬的漫瀚调，
蕴含着动人的艺术魅力；
那是生活和生命的结晶，
像陈年老酒，醉了无数青年男女。

多少年来，纯朴善良的人们，
常年流淌着辛勤的汗水；

---

[1]美稷：西汉治所，在准格尔西北。
[2]太子滩：位于准格尔旗龙口镇马栅乡境内，是黄河河道中心的孤岛，两边黄河水缓流，开阔壮丽。

在这片贫瘠的土地上,
世代耕耘,生生不息。

为了追求光明与美好,
生命,曾经是那样珍贵;
纳林川,魏家峁,
上演过无数次血与火的洗礼。

黑暗终于过去了,
红太阳从东方升起;
春风第一次从这里吹过,
扫清了满天的阴霾。

改革开放的浩荡春风,
吹遍准格尔大地;
从古老走向现代,
天幕上显示出真理的秘密。

这秘密就像一把钥匙,
把致富的大门开启;
它激活了沉睡多年的梦想,
资源和市场的巨手紧握在一起。

贫瘠的土地告别了昨天,

准格尔人捕捉到生命的真谛;
思想的缰绳变作幸福的飘带,
描绘出飞天神话般的奇迹。

地下的财富滚滚而来,
乌金点燃起生命的火炬;
山沟里建起高楼大厦,
一个新的煤都在荒原上崛起。

露天煤矿是财富的资源,
薛家湾就像大都市一样美丽。
铁路、公路纵横交错,
荒山秃岭也变得四季青翠。

准格尔变成了人间天堂,
这是改革开放带来的福气;
人们欢呼,人们欣喜,
漫翰调越唱越有韵味。

啊!准格尔,我赞美你,
告别了贫穷,告别了过去;
依然是那片古老的荒原,
如今却变得这样富裕!

准格尔，我赞美你，
告别了凄风，告别了苦雨；
人们，不再是赤脚驮背的纤夫，
祖国，不再是马可·波罗笔下的东方传奇！

准格尔，我赞美你，
生我养我的这块宝地；
我要写出漫翰调的新词，
放声歌唱火热的时代气息！

2002年4月

黄土情

我的故乡在塞北高原,
母亲河畔的黄土地上。
大风从这里刮过,
高亢的《信天游》在空中回响。
遥望青山顶上的白云,
白云萦绕着经久的记忆;
俯瞰黄河的浪花,
浪花诉说着不尽的沧桑。
日月星辰四季轮回,
演绎着从古至今的气象。

登上时空的高处,
极目四野的旖旎风光。
思绪穿过飘浮的云层,
努力梳理儿时的梦想。
小河水依然流淌着欢乐,
老柳树还是那么慈祥。
芳草淹没了阡陌的痕迹,
清风送来满眼的金黄。

顺着一条平整的街道，
用手抚摸那挺拔的白杨。
轻轻走过流水的小桥，
健步迈进音乐广场。
祭祀的殿宇在记忆中老去，
佝偻的老屋拔节成楼房。
满街晃动的霓虹灯，
点亮时代的气息；
林立的店铺招牌，
变换成秀美的时装。
是啊，只因那改革的春风，
吹散漫天的阴霾；
乡亲们忙碌、自信的脚步，
丈量着新生活的希望……

黄土地，我的故乡，
如今变得这样富有，这样时尚。
是塞外江南？
还是北国的粮仓？
我惊喜这神奇的变化，
丰富了我枯竭的诗行。
请责怪你的儿子吧，
我曾经逃避了现实。
面对母亲的宽容，

我发誓要加倍补偿。
在火热的生活面前,
我选择奋斗;
站在时代的潮头,
我选择坚强。
请看着你的儿子吧,
黄土地,我的母亲,
在未来的岁月中,
怎样去创造辉煌!

2010年10月

山河秀

山高蒼

你好，祖国

清晨，我准时打开电视机，
收听嘹亮的《东方红》
与深情激越的《歌唱祖国》，
收看荧屏上的升旗仪式，
壶口瀑布汹涌的波涛和雄伟壮观的城阙。

每天，我翻阅当天的报纸，
从通栏大标题到每个角落，
浏览一行行铅字承载的信息，
惊喜一天之内竟有这么多变化！
于是，我记下一件件动人的事迹，
于是，我习惯地喊出：
你好，祖国！

你好！祖国，
你有广袤无垠的原野，
有海的胸襟和山的高洁；
你有五千年的文明，
灿烂辉煌的古代文化。
巍巍群山是你的筋骨，

奔腾的江河是你跳动的脉搏,
万里长城是你永世不倒的精神,
红梅傲霜是你惯有的性格。
你有丰富的地下宝藏,
也有人文景观的神奇佳话。
你有北国冰封雪盖的壮美,
挺拔向上的松柏;
也有江南的云山雾海,
游船荡漾的漓江,
热带雨林的西双版纳……
这一切的一切,
构成一幅绚丽多彩的图画。

六十年风雨兼程,
六十年酸甜苦辣。
人世间的风云变幻,
祖国啊,你经历过多少?
自有历史公正的评说。

1949年的隆隆炮声,
宣告了旧世界的终结。
谁甘心失去曾经拥有的天堂?
总想把新生的共和国扼杀。
朝鲜战场的滚滚硝烟,

遮住了明媚的太阳；
美丽动听的谎言，
曲解了正义与邪恶。
上甘岭演绎了一幕幕英雄壮举，
汉江两岸的日日夜夜，
有过无数次灵与肉的拼搏！
帝国主义终于低下"高贵"的头颅，
中华儿女续写了又一篇杰作。

最可鄙的是失去信义的朋友，
最可恶的是鹰犬的咧嘴龇牙，
最可贵的是民族和睦，
最可喜的是社会制度的优越。
经历过三年自然灾害，
滔滔洪水的肆虐；
遭遇冰封雪冻的围困，
地震对人类无情的毁灭……
面对一次次天灾人祸，
是精神的力量，英明的决策，
神奇的智慧，人民的团结，
使灾难一个个"吓"跑了，
风雨过后，山更青翠，水更清澈。

如果没有饱受过饥寒，

如果没有遭受过凌辱,
就体会不到阳光的温暖,
自由的珍贵和友爱的情结;
如果不是多年的生聚,
无数次血与火的教训,
怎能会拨乱反正,
找回应有的一切?

如今,欣逢盛世,
朗朗乾坤又一次笼罩华夏,
到处是温馨、和谐,
依然是山清水秀、遍地鲜花。
祖国啊,你变得成熟了,
表现出从未有过的大度、高雅。

改革开放的春风,
吹响前进的号角。
"科学发展观"的实施,
自主创新的运作,
从"中国制造"到"中国创造",
这是一次从量变到质变的跨越。
"两奥"会的成功举办,
是中华民族智慧的体现;
海军舰队驶出港湾,

大海的波涛盛赞中国的强大。
神舟飞船连连升空,
叙写了新的飞天神话:
请吴刚捧出桂花酒吧,
从此,嫦娥再也不会寂寞。

啊!祖国,
严冬过去了,迎来春夏,
我们完成了前无古人的事业。
然而,未来的路还很远、很远,
依然有难越的关山、无形的阻隔。
请相信,凭着中华民族的智慧,
凭着万难不屈的精神,
我们将会在蓝天白云间,
在波涛汹涌的大海上,
在世界各地,
都要写下两个大字:中国!
满怀豪情地向世界宣告:
看未来的寰宇,是谁家天下!

2006年10月

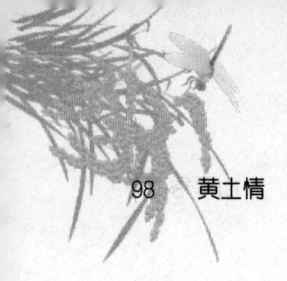

庆回归

茫茫宇宙的日月星辰哟
你们曾经见证:
公元一九九七年的七月一日,
香港的天空是那样明净!

飘过蓝天的白云哟,
你曾身披七色彩虹;
为庆祝香港回归,
展现出绚丽多姿的身影。

神州大地的江河湖海哟,
犹如钱塘江的大潮涌动;
多年来的积愤一泻千里,
合奏出高亢、壮美的歌声。

啊!香港,东方之珠,
脸上的笑容是那样迷人;
依恋着祖国宽阔的胸怀,
就像一个新的生命在母体中诞生。

维多利亚港湾的海风轻轻,
金紫荆广场的人潮滚滚;
人们翘首企盼、祝愿,
就像在暗夜中企盼黎明。

日不落国的旗帜恹恹降下,
五星红旗、紫荆花旗徐徐上升;
降下来的是侵略者的颜面,
升起来的是伟大祖国的尊容!

欢呼吧,全世界的炎黄子孙!
海外游子终于归来了,
祝福你,祖国——
伟大、崇高、圣洁的母亲!

背靠强大的祖国,
好像鱼儿游在水中;
十年生聚,十年奋发,
面对金融危机也岿然不动。

"一国两制"的宏伟构想,
使香港如见时雨春风;
"一切为了香港好,为了香港人民好",
这是伟大人格和国格的保证!

啊！香港的发展鼓舞人心，
祖国也将更加繁荣昌盛；
"科学发展"的战略决策，
展现出无限美好的前景。

我们的步伐将跨越时空，
我们将傲立于世界之林；
我们将站在喜玛拉雅峰巅，
高举和谐大旗，叱咤世界风云！

2007年8月

生命之歌

——献给在2008年北京残奥会上唱出天籁之音的盲人歌星

你渴望看到太阳

那早晨射出的万道霞光;

渴望看到蓝天

和白云下面的牛羊;

渴望看到星星

还有时圆时缺的月亮;

渴望看到闪电

在雷鸣中的瞬间辉煌……

你用心去看花儿,

花儿艳丽而多姿;

用情体会春天,

春天充满生命的希望;

用手去触摸清风,

清风温柔而潇洒;

用脸去感受雪花,

雪花悄声亲吻你衣裳……

这一切你都拥有,

请不要惋惜,不要悲伤。
你拥有一片蓝天
和蓝天下的白云;
拥有一片大地,
大地赐予丰润的食粮。
清风拂去脸上的愁云,
细雨洗去心中的迷茫。
校园送你无限欢乐,
歌声伴你度过一个个晚上。
春天,你享受温馨,
夏日,沐浴着娇阳。
你满怀秋天的充实,
在无数人的关爱中成长。

你有旺盛的生命力,
迸发出耀眼的火光。
那坚定执着的信念,
点燃了光明——心中的希望。
怀着永不止步的追求,
承载着不屈和坚强。
挑战极限,传递尊严,
让理想和歌声一起飞翔。

你用生命之歌找回自我,

打开了音乐的天窗。

歌声是你生命的全部——

是顽强拼搏的力量，

是排除万难的决心，

是不屈个性的张扬。

歌声化作七色彩虹，

通向心中爱的远方。

你是那样自信而沉着，

站在高高的台上，

让暗夜中的天籁之音，

把残奥会唱响。

唱出残疾人的心声，

让他们个个激情飞扬；

唱出所有人的追求，

唱出理想的乐章……

愿你珍惜每一次成功，

印记在脑海，镌刻在心上；

愿你富有诗意的人生，

生活中充满阳光；

愿你永远饱含激情，

把生命之歌传唱；
愿你珍爱生命，
永远、永远吉祥！

2008年9月

真情永远
——为汶川大地震救援而歌

茫茫人间充满真爱，
爱的真谛是奉献和理解；
在汶川地震的抢险救灾中，
把爱的颂歌谱写。

深埋地下的无数生命，
挣扎在死亡边缘，
那撕心裂肺的呼叫，
痛在亿万人心间。

到最危险的地方去奉献爱心，
祖国的召唤是爱的源泉；
山石随时滚落，房屋随时垮塌，
争分夺秒，忘却自身的安全。

夜雨中的迷彩服，
总是在最危险的地方出现；
这是军魂铸就的钢铁战士，
像志愿军一样冲锋向前。

空降兵从云层中跳下,
生死诀别,把生命交给苍天;
死神被无畏的气概吓跑,
终于到达阵地前沿。

风雨中的铿锵玫瑰,
为什么不开放在江南的原野?
却在这伤痕累累的土地上,
用细心和温柔把愁云化解?

白衣战士在驱赶着死神,
护士们为伤员擦背、洗脸。
如果把抢救生命比作时雨,
那精心呵护和救治就是春天。

空中的雄鹰,流动的车辆,
艰难的行程,一次次涉险;
运送物资,送出伤员,
也送去人们刻骨铭心的挂念。

失去亲人的孩子们,
到处都是关爱的笑脸;
去安全的地方学习吧,
那里有一片充满希望的蓝天。

全国人民热情捐资、捐物，
爱，不需要太多的语言；
海外侨胞倡导义举，
那是血浓于水的体现。

世界各国的救援使人感动，
更感人的是赞美的诗篇；
中国的壮举受到世人尊敬，
爱的本身并没有国界。

啊！爱与死神不屈地抗争，
用秒表来计算时间；
因为有爱，我们决不放弃，
千万个生命终于脱险。

面对无数死难的同胞，
所有的神经都深深眷恋；
愿他们一路走好，
悲痛的泪水流自颤抖的心田。

佛门弟子虔诚地祝福，
托白云送去良好的祝愿：
愿灾民早日脱离苦海，
愿灾难不再降临人间。

劫后余生的同胞啊，
请摒弃心中那片绝望的荒原；
全国人民是坚强后盾，
永远和你们并肩向前。

以生命的尊严擦干眼泪，
在悲痛中树起信念，
在灾难中选择坚强，
未来，我们共同创建！

因为我们有爱，
因为爱的力量无限；
这爱，使山河动容，
这爱，能震撼世界。

在这充满爱心的国度里，
对爱才有真正的理解；
这爱，比玉纯洁，
这爱，比黄金值钱。

献出爱心，献出真情，
世界将变得更加和谐；
但愿爱心天长地久，
但愿真情永远，永远……

2008年6月

心　愿

汶川大地的一声巨响，
太阳顿时失去光芒。
美好的家园变成废墟，
山河改变了原来的模样。

许多老人失去孩子，
许多孩子失去爹娘……
想到无数死伤的生命，
我止不住热泪盈眶。

中华儿女的民族自救，
激起我热血满腔；
决心献出微薄之力，
急切的心儿要跳出胸膛。

假如我是一片彩云，
去遮住炎热的阳光，
让灾民在凉爽中休息，
睡眠中把忧愁淡忘。

假如我是一间大厦,
去把无情的风雨遮挡,
在风雨中见证真情,
患难中把灾民的痛苦品尝。

假如我是一泓清泉,
包装成千万瓶玉液琼浆;
滋润灾民干涸的心田,
洗去他们满腹的忧伤。

我愿变作一只爱的精灵,
飞往灾区,播洒吉祥——
带去人们虔诚的祝福,
带去人们殷切的期望。

愿灾区的同胞增强信念,
在危难中选择坚强,
让生命之火重新点燃,
把暗淡的天空重新照亮。

炎黄子孙同心同德,
世界各国也慷慨解囊;
中国的壮举感动世界,
世界的赞誉更使咱意气昂扬。

那些生死相依的奉献,
是鼓舞斗志的精神食粮;
擦干眼泪,挺直腰干,
共铸灾区明天的辉煌!

2008年6月

空中,那亮丽的彩虹

——沉痛悼念在海地遇难的八位烈士

掠过阴云蔽日的长天,
伴随着大海悲壮的涛声,
亲人啊,你们回来了,
终于回到了母亲的怀中。
没有宽慰的语言,
没有重逢的笑脸,
只有痛彻肺腑的悲伤,
只有小白花无言的呻吟。

英魂融入庄严的五星红旗,
棺盖镌刻下对祖国的无限忠诚,
那整装待发的英姿如在眼前,
再现战友握别时动人的场景;
依稀听得见感人肺腑的誓言,
依然感觉到那八颗心脏的跳动……

带着儿女们的牵挂,
带着父母妻子的叮咛,
告别了亲爱的祖国,

关山万里，海浪重重。
承担的是国际义务，
肩负着人民委托的重任。

不是硝烟弥漫的战场，
没有枪林弹雨和隆隆的炮声；
却有地下动荡不安的岩浆，
也有天上变幻莫测的风云。
这千年不遇的灾难啊，
怎么会在那时那地降临？
如果稍作短暂的停留，
如果不是太过认真，
如果，如果……
就不会留下这千古遗恨。

天安门前有过多少次降半旗的仪式，
长安街上有过多少次泪雨倾盆。
此刻，八辆灵车缓缓驶过，
举国上下又一次沉浸在巨大的悲痛。
一队队庄严肃穆的敬礼，
一阵又一阵呜咽的泣声……
英雄啊，就这样走了，走了——
带走柔肠寸断的情怀，
带走无比珍贵的亲情和友情。

长风抒写着不尽的思念,
天空升起八道亮丽的彩虹。
那是人们心灵的风景线,
也是永远抹不掉的泪痕。
愿悲痛化作新的力量,
愿泪水凝结成新的激情。
黄泉碧落,海角天涯,
永远瞻仰烈士高大的形象;
日月轮回,海枯石烂,
永远弘扬烈士的精神!

永别了,可敬的同胞,
安息吧,永垂不朽的亲人!

2010年3月

五星红旗在世博园升起

好多次仰望五星红旗
在蓝天白云下高高飘扬；
那鲜红鲜红的颜色，
是燃烧的火焰、心中的希望。

好多次听到共和国的国歌
在万里长空回响；
那高亢、激越的旋律，
一次次使我激情飞扬。

这一次是在上海世博园，
世界的东方，
五星红旗又一次升起，
中国的国歌又一次奏响。
这是民族尊严的体现，
激动的心啊要跳出胸膛。

上海滩厚重的积淀，
聚集起重新崛起的力量，
黄浦江欢快的浪花，

诉说着中华民族的不屈和坚强。

历史是最好的见证,
中国人民在苦难中挺起脊梁:
从落后走向进步,
从封闭走向开放,
从对立走向和谐,
从梦想走向理想。
在五星红旗的导引下,
一切屈辱被统统抛洒;
《义勇军进行曲》的音符,
谱写出创世纪的辉煌。

二十一世纪第一个十年,
两大盛会在中国亮相。
经济、科技、文化的展示,
融合了人类的成功和希望。
这里有欢乐与和谐,
这里有神奇的构想,
这里有历史、文化的底蕴,
这里有深层次的夸张,
这里有创造财富的热情,
也有追求进步、开放共荣的时尚。

上海的阳光祥和而明媚，
浦江两岸披上节日的盛装。
外国的展馆各具风情，
中国的展馆富丽而堂皇。
不同民族的舞姿异彩纷呈，
不同国家的歌声深沉而悠扬。
五颜六色的服饰装点了世界，
缤纷的焰火映红浦江。

啊！朋友，值此盛典之际，
咱们的心情是否一样？
是想融入这不同肤色的洪流，
还是想徜徉于交流、合作的海洋？
是想在流淌的旋律中
跳起探戈做心灵的沟通，
还是想在风韵优雅的节拍里，
把创新与融合的主题唱响？

朋友们，唱吧，唱吧！
祖国以自信的态度拥抱了世界，
我们为什么不去张扬？
朋友们，跳吧，跳吧！
在展示美好未来的梦幻中，
我们为什么不舞得疯狂？

中国已成为世界的中心。
中华巨人闪亮登场,
在和世界零距离的对话中,
一定有新的追求、新的构想。
让我们做一次预见吧,
历史的发展一定是这样:
五星红旗将更加鲜艳,
中国的国歌将更加嘹亮,
中国将会引领世界,
中国将更加繁荣富强!

2010年8月

月宫行
——祝贺嫦娥一号月球探测卫星发射成功

喂——
天上的玉皇,
守卫天宫的天兵天将,
你们听到了吧,
人类地球上那一声巨响!

三山五岳的神仙,
五湖四海的龙王,
你们看到了吧,
神州上空升起的一簇火光!

那是嫦娥一号月球探测卫星,
已经升空,飞向月亮,
带着千百年来人们的梦幻,
去广寒仙境把嫦娥探望。

月宫的桂树还是那么枝繁叶壮?
桂树下终年劳作的吴刚,

请热情接待远方的来客吧,
捧出那珍藏已久的玉液琼浆。

怀抱玉兔飞升的仙子,
从此将不再寂寞、凄凉;
快伸开你轻舞的衣袖,
和"一号"姐妹倾诉衷肠。

地球上的亲人翘首盼望,
盼望月姐乘飞船回到故乡;
人间远比天堂更美,
定能抚平你心灵的创伤。

文人墨客多次赞美月亮,
茫茫夜空充满无限遐想;
神话世界富有无穷魅力,
然而是那样虚无、那么渺茫。

为了追求美好与幸福,
中国人历经沧桑。
乞求,振兴不了民族,
眼泪,感动不了列强!

贫穷和落后只能挨打受气,

愚昧和无知创造不了辉煌。
只有提高全民族的素质，
才能够自立自强。

发展经济，成为人们的共识，
科学知识，成为大众共享的食粮，
勤学苦练已蔚然成风，
莘莘学子徜徉于知识的海洋。

十年树木，木已成材，
一代代精英成为国家栋梁；
拼搏、磨砺、创新，
一项项科研成果闪烁光芒。

探月卫星成功发射，
宇宙的大门已向我们开放；
飞越火星的设想也将实施，
二次探月的计划业已成章。

啊！成功的喜悦让我们纵情歌唱，
祝愿伟大祖国一天天繁荣向上；
放飞梦想，升华希望，
我们的目标将更高、更远、更强！

2008年6月

圣火之旅
——奥运圣火传递全记录

天地的灵气,日月的精华,
在奥林匹亚的圣殿前聚焦;
美丽的希腊少女,
高高举起圣洁的火苗。
那是二十九届奥运会的圣火,
是世界人民实现梦想的征兆。
圣火把人们的眼睛照亮,
也开始在人们心中燃烧。

沿着古希腊圣火传递的线路,
五大洲火炬接力正式起跑。
带着人们梦幻般的追求,
踏上通往理想境界的大道。
这线路见证过奥林匹克的兴衰,
诉说着体育竞技的欢乐与寂寞。
勾绘出人们竞争、拼搏的英姿,
记录下战胜、超越的历代英豪!

顶着欧洲上空弥漫的乌云,
冲破大洋彼岸的骇浪惊涛,
斩断沿途伸出的罪恶黑手,
鄙弃狂犬恶狗的疯狂叫嚣;
正义必将战胜邪恶,
谁挑起事端,定会遭恶报。

桑巴舞展示出极大的热情,
黑人姑娘的舞姿堪誉堪笑,
次大陆上信誓旦旦,
马来西亚海滩风和日骄,
南太平洋的海水热浪滚滚,
日本海面也亮出和解信号。
世界需要和平、安宁,
各国希望包容、友好,
团结和友谊是奥运的宗旨,
历史的车轮永远向前奔跑!

祥云圣火来到中华大地,
神州到处山欢海笑。
五指山的椰子树更加青翠,
金紫荆广场艳阳高照,
巍巍五岭挺起胸膛,
巴山蜀水上空雾散云消,

长江黄河一路欢歌笑语,
万里长城雄伟壮丽,永世不倒!
百年的企盼,几代人的梦想,
好啊!圆梦就在今朝。
中国人民信守着承诺,
真诚和执着终于得到回报!

祥云圣火登上世界屋脊,
喜马拉雅女神银装素描,
五星红旗在蓝天下飘扬,
冰山雪莲绽放出迷人的微笑,
雅鲁藏布江奔腾不息,
青藏高原祥和、美丽、富饶。

祥云圣火传递到哪里,
哪里就是歌的海洋、舞的热潮。
壮乡儿女排成一条条长龙,
彝族青年吹响弯弯的号角,
纳西族男女圆舞翩翩,
维吾尔少女踏着鼓点跳跃,
苗寨的姑娘穿上待嫁的衣裳,
长白山下的彩裙随风飘飘,
悠扬的马头琴声飞向远方,
信天游回荡在万里云霄。

祥云圣火来到首都，
全世界大声高呼：北京，你好！
"贝贝"露出如春笑脸，
"京京"迈开矫健的双脚，
"欢欢"展现欢快的舞姿，
"迎迎"不停拍手叫好，
"妮妮"唱响赞美的歌声，
她们伸开双臂，去把祥云拥抱！

古老而现代化的大都市，
北京展现出雍容华贵的风貌。
"鸟巢"俯瞰着五彩世界，
承载着一个个重大谜底的揭晓。
"水立方"玲珑剔透，熠熠生辉，
平静的水面会掀起一波波浪潮。
五大洲的奥运健儿齐聚北京，
各路英豪各领风骚。

圣火传递的时时刻刻，
总看到火样的颜色在闪耀；
红色的小旗，红色的衣帽，
那是中华学子和海外侨胞；
他们追逐梦想，分享快乐，
保护祥云圣火顺利、完好。

这是一支支充满爱国激情的队伍，
心系圣火，不住地祈祷。
小小的队伍汇聚成浩荡长河，
堪称是无与匹敌的"红色风暴"。

啊，十三亿的力量，
世界华人的骄傲，
祥云火炬的成功传递，
中华民族理应自信、自豪。
一切担心，一切牵挂，
一次次祝愿，一次次祈祷，
这弥足珍贵的民族精神，
将载入史册，传遍天涯海角！

啊，北京，你好！
成功的喜悦实在难以言表。
一千八百八十支火炬接力，
是人类跨越国界的一次长跑。
请珍藏这神圣的火种吧，
期待那开幕盛典的来到！

2008年6月

那一夜,神州无眠
——北京奥运会开幕式全记录

北京的上空阴云绵绵。
富有创意、浪漫的烟花,
把首都的夜空装点。
二十九个大脚印缓步走来,
"鸟巢"要抒写创世纪的诗篇。
感受真情,收获振奋,
百年圆梦,就在今夜!

当天幕慢慢拉开,
宏大的体育场惊现眼前。
举世瞩目的开幕式,
展现出盛大的欢迎场面。
微笑的北京欢迎你,
中国以快乐和自信拥抱世界。

和为贵,和为宝,
世界需要安定、和谐。
"和"字体现了大国风度,

传播出人类共同的语言。
巨大的画屏徐徐展开,
五千年的辉煌在此上演。
水墨丹青丰富的内涵,
是文明古国厚重的文化积淀。
那龙飞凤舞的身姿,
演绎出品尝不尽的诗篇。
古老而神秘的东方神韵,
给人们留下想象不尽的空间。

博大精深的武林史话,
依然是一种文化源泉。
刚柔相济、动静自如的身法,
传递出排山倒海的意念。
那沉稳、坚毅的神情,
彰显了民族自信的内心世界。

奔腾一万里,
上下五千年。
淳厚、深邃的中华文明,
曾经倾倒整个世界。
四大发明是科学发展的辉煌,
也是延续创新的起点。
文化创造了神话和价值,

凝聚了永久不变的信念。
五个圆环手牵着手,
二零零八名外国友人展露笑脸。
团结、互助、融合、进步,
是人们共同拥有的心愿。
梦幻球在高空旋转,
世界在友好的氛围中共勉。
飞鸽展翅,在蓝天下飞翔,
人类在追求平安、祥和的明天。

天马行空,似真似幻,
飞天神话在夜幕中再现,
神奇的卷屏,惊险的跨越,
预示着出现一个崇高的境界。
主火炬点燃所有人的激情,
新奇的创意,震撼了整个世界!

大国的领袖登上舞台,
宏亮的声音响彻世界。
各国运动员精神抖擞,
旗手的步伐坚定而庄严。
民族歌舞满载迷人的风采,
《北京欢迎你》的歌声深情、激越。

啊!那是一次现代文明的聚会,

那是一场大气磅礴的盛宴。
那千军万马的气势,
把大国气象尽情挥写。
这是精神上的享受,
给人以视觉的美感。
五千年的文明和现代科技的交融,
历史将大书一笔——中国的今天!

时代在延伸,
思想在拓展。
中国与世界完美地融合,
友谊佳话将永远流传。
和谐文化不是庙堂的器物,
而是诚信、永恒的誓言!

当大幕徐徐降下,
人们激情依旧、久久不散。
抒发惊喜、兴奋的心情,
谈论中国发生的巨变。
思绪会编织无数梦想,
心灵将永远刻下纪念。
让胸中的激情跨越时空吧,
那一夜啊,神州无眠!

2008年8月8日

岳王墓感怀

怀着崇敬的心情

焚上一缕清香

栖霞岭上沉积着

一段历史的沧桑

松枝上挂满泪滴

荒草丛落满秋霜

天幕下,感觉到英雄的魂魄

依然挺立在高高的山岗

遥想英雄当年,金戈铁马

气吞万里疆场

"直捣黄龙,与诸君痛饮"的豪情

澎湃了黄河、长江

剑吼西风,胆壮神州的气概

震撼了贺兰、太行

三十功名,八千里路

马蹄踏出[1] "精忠报国"的征程

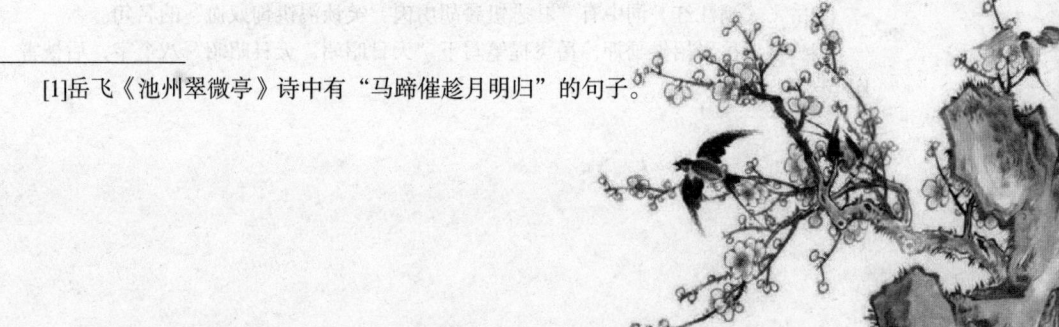

---
[1]岳飞《池州翠微亭》诗中有"马蹄催趁月明归"的句子。

以"壮志、笑谈"[1]的胆魄
拼杀出生命的辉煌

催命的十二道金牌
断送了"还我河山"的希望
"莫须有"铸成千古奇冤
名山秀水顿时失去灵光
天理昭昭,"风波"[2]险恶
西子湖泪别了殷红的夕阳
十里长堤的柳枝
抽打着无情的西风
断桥的桥未断
却令人痛断肝肠

历史的惋惜,岁月的伤痕
落脚在栖霞岭上
滴血的土地,英雄的壮举
写下无数首带泪的诗行
苍松翠柏沉默无语
游人扼腕,止不住为英雄感伤
好在"青山有幸埋忠骨"

---

[1]岳飞《满江红》词中有"壮志饥餐胡虏肉,笑谈渴饮匈奴血"的名句。

[2]法官让岳飞招供画押,岳飞提笔写下"天日昭昭,天日昭昭"八个字,后被害于风波亭。

雅韵西湖，形胜风景

从此披上节日盛装

让那四尊铁像永远跪着吧

这就是卖国求荣的下场

此时此刻，想那历朝历代

爱钱的文官，怕死的武将[1]

面对浩浩正气、凛凛胆魄的英雄

不知有何感想

2011年7月

---

[1]岳飞曰："文官不爱钱，武将不惜死，不患天下不太平。"

游长城

啊！长城，
横亘北国的巨龙。
这雄伟的关山锁钥
块块砖石中渗透着生命。
文明古国的辉煌标记，
血泪凝结的基石，
是中华民族亘古不变的精神！

长城脚下，
绿树如烟，绿草如茵。
层层叠叠的山峦，
镶嵌成一幅幅水墨丹青。
浓淡相间的色调，
疏密有致的线痕，
烘托着雄伟的古城墙，
彰显出浓厚的中华神韵。

千百年来，狼烟烽火，
点燃了罪恶和仇恨。
秦时的明月，

光照过多少离人的背影?

大漠风烟,

横行了肆虐的豺狼。

汉时的边关,

风送过多少戍死的归魂?

一首首苍凉的诗篇,

平添了妆台的离愁。

孟姜女杜鹃泣血,

成就了一段旷世悲情。

昂首挺胸的山海关,

自有一种威严,一种自信。

老龙头[1]颔首低眉,

似有一种心事,一桩隐情。

是"冲冠一怒"的红颜祸水[2],

玷污了雄关古道,

铁骑卷起的尘土,

变换了华夏时空。

群山低首,

---

[1]老龙头,明长城东部起点,是明代蓟镇总兵戚继光所建的"入海石城"。上有烽火台,是一处军事要塞。

[2]红颜祸水,是指吴三桂和陈圆圆的故事。李自成率"大顺军"攻入北京后,手下大将刘宗敏将三海关总兵吴三桂的爱妾陈圆圆掠去。吴三桂闻讯后投降了满清,引清兵入关,加速了"大顺军"的灭亡,推进了清朝的建立。吴梅村有诗曰:"恸哭三军无缟素,冲冠一怒为红颜。"即指此事。

江河悲鸣。
谁能抹去这奇耻大辱?
怎能抚平这刻骨的伤痛?

沿着起起伏伏的城墙,
追寻那落定的风尘。
喜峰口外,居庸关前,
哪里有抗日儿郎的身影?
千里塞外,血沃的芳草,
依然闻到淡淡的血腥。
砖石上留有大刀的痕迹,
墙壁上镶嵌着累累弹洞。
到处传唱着悲壮的故事,
却没有留下真实姓名。

如今,古城墙上流淌着欢乐,
历史的脚下弥漫着温馨。
每一天都是游人如织,
每个人都是满面春风。
那幸福的人们啊,
你们可知这来之不易的安宁?
让我们一起祝福吧:
愿世世代代远离硝烟,
愿中华大地再没有战争。

愿人民幸福安康,

愿世界公正、和平,

愿祖国更加强大,

真正成为永世不倒的万里长城!

2012年3月

登泰山

我登上泰山极顶,
置身于"风月无边"的人间仙境;
白云从我身边轻轻浮过,
九曲黄河在我脚下奔腾。

我登上泰山极顶,
顿觉蓝天离我很近、很近;
一览四周的山川、原野,
啊!我成了这里最高的山峰!

俯看登山时的路径,
云蒸霞蔚,似阴似晴;
沿途自然的、人文的景观,
清晰地印在脑海之中——

岱宗坊张开笑脸,
热情欢迎远方的客人;
盘龙石柱巍然挺立,
衬托出泰山的雄伟、神圣。

沿着流泉飞瀑的山涧，
一嶂嶂悬崖绝壁，怪石嶙峋；
茂林修竹随处可见，
峰回路转，一次次柳暗花明。

"斗母宫"[1]的女尼热情好客，
引领年轻夫妇参拜送子观音；
"钟声磬声鼓声，声声自在，
山色水色物色，色色皆空"。

回马岭的山石摇摇欲坠，
云步桥下的流水湍急轰鸣；
"快活三皇"[2]的松树盘根错节，
"五大夫松"[3]挺拔入云。

十八盘山路盘旋向上，
"岱宗绝佳处"[4]秀色迷人；
朝阳洞的潺潺流水沁人心脾，
对松山的阵阵松涛撩人性情。

---

[1][2][4]均为泰山景点。

[3]据《史记》记载，秦始皇登封泰山，中途遇雨，避于一棵大树之下。因大树护驾有功，遂封该树为"五大夫"爵位。谁知后世讹为"五株"。明代万历年间，古松被雷雨所毁。清雍正年间，钦差丁皂保奉敕重修泰山时，补植五株松树，现存二株，虬枝蜷曲，苍劲古拙，自古被誉为"秦松挺秀"，为泰安古八景之一。五松亭旁有乾隆皇帝御制《咏五大夫松》摩刻。

"摩天阁"三字赫然在目,
从南天门遥望,雾气腾腾;
松风拂面,流云绕身,
这就是所说的人间仙境。

"天衙"[1]市场繁华有序,
碧霞宫的夜景恍如京城;
《望岳》诗的意境传神入化,
"无字碑"[2]是谁所立,众说纷纭。

玉皇顶上香烟迷漫,
善男信女是那样虔诚;
祝愿生生世世幸福安康,
也祝愿伟大祖国欣欣向荣。

云雾缭绕的群峰背后,
掩隐着座座古寺,众位高僧;
诵经的声音声声悦耳,
山不在高啊,有仙则名。

日观峰上的奇观异景,
为泰山披上道道彩虹;

---

[1][2]均为泰山景点。

仙山琼楼再现人间,
那是神奇的梦幻仙境。

辽阔富饶的齐鲁大地,
年年都是林茂粮丰;
胸怀博大的东海啊,
与雄伟的泰山遥相呼应。

啊!泰山,以自己特有的风姿,
赢得了世人的崇敬;
以自己厚重的文化积淀,
博得了"五岳独尊"的美称。

而今,神州上空重现尧天舜日,
泰山的草木更加郁郁葱葱;
奇峰异石披上五彩霞光,
愈显中华气象、东方神韵。

啊!站在泰山的天柱峰顶,
万里江山尽收眼中;
群山颔首,万物朝宗,
祖国啊,你将更加繁荣昌盛。

站在泰山的天柱峰顶,

沐浴着宇宙的浩荡风云；

我向世界大声宣告：

唯我锦绣中华独尊！

2013年10月

旅游感怀

风儿，吹响出发的鸣笛
鸟儿，唱响前行的歌曲
将思绪的横幅挂满天空
让心灵在旅途中享受乐趣

城市，喧闹了多少个世纪
车轮，碾过无数岁月留下的痕迹
太阳升起又落下
在心灵留下沉重的叹息

叹息，我们的视线已模糊
叹息，我们的心儿已麻醉
叹息，是世界给予我们太多
叹息，是心灵将要举行葬礼

不，不会的
我要让心灵充满活力
就像火中的凤凰涅槃
飞翔在蔚蓝的天际

将心灵打包成行囊

乘上远航的渡轮

去吹清凉的海风

去看海鸥在大海上嬉戏

将心灵飘飞成一片落叶

镶嵌成牧马人的帽徽

奔驰在辽阔的草原

看那洁白的哈达随风飘飞

将心灵变作蒲公英

让花籽儿飘向天际

飘呀飘，飘呀飘

飘向远方，飘向梦里

让心灵去到远方

红了樱桃

绿了芭蕉

跳跃在农人的心底

风儿，伴随着你

鸟儿，指引着你

将心灵打上快乐的标识

让心灵在旅途中享受乐趣

2013年10月

古战场

年轻时,怀着好奇,
探索古战场曾经有过的辉煌
战场上有一座土城[1]
苍老的面孔带着几分忧伤
城里散居着多户人家
不知是原住还是来自逃荒
城外草滩上牛羊点点
牧羊人高举着牧鞭
抽打着满眼的荒凉

拣起一块瓦片
敲打不出它属于盛乐还是定襄
北魏王朝的皇宫大殿哪去了
难道那些皇亲贵胄
住的是账篷,没有宫墙
"盛乐金陵"[2]的遗骸迁葬在何处
被人挖掘过的土堆上长满野草

---

[1]土成:当地人称"土城子",坐落在和林格尔县城关镇北。西汉时,曾在这里设定襄郡。北魏时期,鲜卑拓拔贵族在这里建都,称为"盛乐"。
[2]"盛乐金陵":北魏皇族的陵园。

在西风里摇摆着无奈
面对西去的残阳

这里有过丰美的水草
也有过"风吹草低见牛羊"的风光
逐水草而居的群体
把美丽的草原变成战场
从秦汉时期的匈奴
到魏晋南北朝的乱象
从北宋末年的辽金逐鹿
到一代天骄成吉思汗的逞强
历史翻过上千年的页码
数不清这里有过多少个帝王
凌弱，推动了民族融合
恃强，成就了个人威望

近现代的战火
数次吞噬了这片草场
更可恨的是日本鬼子
伸进罪恶的魔掌
于是打响了民族解放的战争
经过血与火的拼搏
终于把敌人彻底埋葬

历史进入新的世纪
古战场已不是旧日的模样
弯曲的土路伸直腰肢
高大的杨柳排列成行
漫山遍野的绿色催生新的生命
破旧的土屋拔节成楼房
盛乐园区的成长
是开拓进取的大手笔
大型企业入户园区
引领着经济发展的方向

啊!古战场
你是时代进步的新战场
盛乐园区像一只满篷的大船
装载着富贵,装载着希望

2015年11月

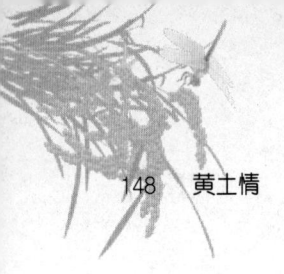

"九·三"感言

七十年前
那场决定人类命运的战争
光明战胜了黑暗
正义战胜了邪恶
硝烟渐渐散尽
不是因为物资和财富
不是因为上帝的怜悯
是中国人民万众一心,不屈不挠
—— 一种伟大的民族精神

这精神属于中华民族
属于龙的传人
这精神源自
五千多年文化的积淀
中华儿女代代传承
壮丽河山的富饶、繁华
聪明才智的不断打拼
历史选择了东方
成就了亘古以来的中华文明

中华民族勤劳、善良
没有侵略的文化基因
中华民族诚实、守信
期盼的是世世代代的安宁
中华民族勇敢、坚强
以血肉之躯筑成新的长城
中华民族勇于担当
倡导、引领着世界和平

七十年后
举行了盛大的阅兵
不是为了寻仇
而是在隆重祭奠英灵
不是有意玄耀武力
而是为了制止战争
领袖的讲话传遍世界
那是庄严的承诺
五千只和平鸽飞向蓝天
那是和平的象征

看到炮车从天安门前驶过
听到空中飞机的轰鸣
亿万人民欢呼雀跃
抑制不住内心的激动

国家重器的展示

极大地稳定了人心

有谁再敢为非作歹

他的命运将是灭族灭宗

2015年9月

花鳥語

牡 丹

啊！牡丹，花中之王
你一定是艳冠群芳
是天地的瑞气
日月的灵光
孕育出人世间的国色天香

不管是黑珠、红玉[1]
还是魏紫、姚黄[2]
无论是"孔雀开屏"
还是"丹凤朝阳"
一株株各具风采
一簇簇富丽堂皇
一朵朵秀色可餐
一副副"国花"的气象
天香飘在云外
暗香浮动
萦绕在人们的心上

---

[1][2]指牡丹花的品种和颜色。

我想驱散采花的蜂蝶
闻闻花蕊的清香
我想摸摸鲜嫩的花瓣
又觉得自己太过轻狂
做一个护花的使者吧
愿风和日丽,甘霖普降
我摄下一个个镜头
存在心底
用情去珍藏

行云流水般的游人
在花丛中尽情观赏
风华正茂的青年男女
在花海里恣意徜徉
我想问年轻的朋友
面对盛开的牡丹
是否激情涌动
充满青春的渴望

2009年5月

兰 花

在春风春雨的日子里
兰花并不去张扬
只是在自己的天地里
晨沐甘露,晚浴霞光
几番风雨过后
一簇簇花叶梳理得嫩绿修长

把兰花比作君子
清秀、儒雅又稳当
有时又像是大家闺秀
娴淑、恬静又端庄
不去追求衣着的花哨
没有太多的奢望
不随流俗
不追时尚
从来是素装淡抹
却显得落落大方

在百花竞秀的季节里

兰花也争相开放

没有牡丹的娇艳

不像牵牛花那样轻狂

远不如石榴花热烈

比不上桃李花的风光

那清素淡雅的花朵

却引来游人如织

啧啧夸奖

啊！兰花

人们喜欢你

因为你诚实善良

人们崇敬你

因为你是正人君子

道德的楷模

做人的榜样

2010年6月

腊 梅

树杆上堆积着残雪
花蕾上覆盖着冰霜
依然是春寒料峭
朵朵梅花迎风绽放

腊梅的树杆坚挺粗壮
疏枝横斜,伸向太阳
虽然是冬的宠儿
却有着对春的渴望

朵朵梅花洒满阳光
花蕊中散发出淡淡的清香
没有媚态,没有俗气
东风第一枝的风采,令人赞赏

腊梅花是报春的信使
预示着未来和希望
她像要告诉人们
寒冷的日子不会久长

当春风吹遍山川大地

春雨如约,春潮浩荡

腊梅向百花点头致意

尽情地开吧,为了心中的梦想

2011年3月

秋 菊

金风送爽的时节

秋菊展示了灿烂的笑脸

多姿多彩的花瓣

装点着金色的秋天

秋菊有君子般的风度

无意与群芳争艳

从季节中缓步走来

开始引领百花凋落的世界

秋菊不喜欢着意雕饰

花瓣舒展成自然的画卷

疏密有致的片片绿叶

引得西风尽情眷恋

人们喜欢秋菊的风采

生怕损伤他的容颜

因为这是最后的晚餐

菊花开尽,只能等待来年

2012年9月

牵牛花
——为贪官画像

春风破土的时节
牵牛花的种子也早早发芽
从小学会卑躬屈膝
最喜欢向上攀爬

牵牛花的茎秆软弱无力
就像浑身没有骨骼
只有那张爱吹牛的大嘴
吹出一朵又一朵喇叭

结不出硕大的花蕾
开不出鲜艳的颜色
看不起脚下的小草
更不喜欢路边的"野花"

他总想高高在上
俯视群芳,居高临下
他认为攀高结贵

是一生最好的选择
他看中身旁的树杆
又缠住了门口的篱笆
他终于成功了,有了地位
有了一切的一切

他最担心无情的西风
把他的腰肢吹折
如果跌倒在地
一定会被众人践踏

草木一秋,花开一月
烦恼的事儿不去想他
待消尽了空虚的灵魂
身后的事儿任人去评说

2013年6月

鸳 鸯

一对对鸳鸯鸟，
永远是那样双栖双飞；
是不是月老偏了心眼儿，
赐予他们爱的真谛？

你看水中的那双情侣，
愉快地在觅食、嬉戏；
他们亲亲热热，
好像在说：我永远爱你！

鸳鸯鸟的爱情堪称楷模
从一而终，不离不弃
鸳鸯鸟的故事流传人间
演绎成许多美丽的诗句

啊！愿世上没有淫乱、强暴，
人与人少一些谎言和虚伪；
情侣们海誓山盟的诺言，
化为生命的伴侣。

2014年7月

天　鹅

在烟波浩渺的湖面上
一群白色的候鸟随波飘荡
像是在跳水上芭蕾
扮演《天鹅湖》中英俊的王子和美丽的姑娘
又像是演绎罗密欧与朱丽叶的爱情故事
让人们看得激情飞扬

这是一群圣洁的白天鹅
来到他们向往的"天堂"
雪白的羽毛，靓丽的时装
湖边的草地顿生灵光
这里有丰盛的鱼虾
是栖息、觅食的天然良港

白天鹅风度优雅
舞姿翩翩，显示爱的力量
一双双，一对对，悠哉游哉
打造生儿育女的"温床"
爱情终于结出硕果

小天鹅出生了，长大了
延续了生命的希望

夏去秋来
寒风拍打着天鹅的翅膀
候鸟们要南飞了
白天鹅准备远渡重洋
关山万里，风波险恶
到底能落脚在何方
更让人担心的
是那老弱病残
圣洁的身体
羽化在哪座仙山，何处仙乡

        2014年10月

燕 子

一个清凉清凉的早晨
校园的阅览室格外宁静;
一位风华正茂的青年,
正聚精会神地研读书本。

他时而仰头注目,
时而颔首凝神,
时而奋笔疾书,
时而脸上露出快意的笑容……

窗外高大的杨槐树上,
一只燕子唱起动人的歌声:
喂,年轻人,春天来了,
你却为何思绪低沉?

外面的世界是那样美好,
蓝天下飘着朵朵白云:
和我一齐展翅飞翔吧,
去共同沐浴和煦的春风。

啊，燕子，我羡慕你，
你这冬去春回的自由之神：
永远是那样无忧无虑，
飞去飞来，是那样矫健、轻松。

你有时冲向蓝天，
是去追逐太阳的身影？
有时又匍匐低飞，
是在学飞机在地面滑行？

你在屋檐下辛勤垒窝，
一代接一代繁衍子孙；
你把爱心献给人类，
不失农时地捕捉害虫。

而我，也有同样的心情，
渴望着去天际旅行；
去飞翔，去追寻梦想，
去爬山，去大海里游泳……

此时此刻，我跳动的思维，
正在知识的海洋里驰骋；
以科学殿堂里丰润的食粮，
来铺垫我生命的航程。

待到理想插上智慧的翅膀，
将和你比翼齐飞，共驾长风；
踏着时代的节拍，唱着理想的歌，
去抚摸蓝天，亲吻白云。

去探索宇宙的奥秘，
摘取太空的星星；
去攀登新的科学阶梯，
破析世界上难解的方程。

生命的旅途虽有坎坷，
未来的前景却一片光明；
我们将以苍松做笔，海水为墨，
书写自己壮丽的人生！

2015年4月

翠 竹

你是江南大地的宠儿
茂林修竹形成一道道亮丽的风景
你移步走进各地的公园
亭台楼阁前后也有你的身影

你从远古走来
竹枝上留下点点相思的泪痕[1]
你迎着春天走去
人们乐意看到那雨后春笋

你洁身自好
不与荒草为伍,不和污水为邻
你喜欢和松柏、腊梅相处
"岁寒三友"的雅号足够你载誉终生

你把清廉带到人间
一生只陪伴明月、清风

---

[1]舜帝死后,他的妃子娥皇、女英在湘江边痛哭不止,眼泪滴在竹枝上,形成点点斑痕,因此竹子被人称为"湘妃竹"。

你正直、有节,从不低头
影响了一代又一代的志士仁人

你是文人墨客意识中的灵感
生发出许多赞美的诗文
你是画家笔下的常客
清瘦的枝叶常常被写入画屏

你是人类的朋友
为社会奉献了全部生命
一件件精美的竹器
走进千千万万个家庭

举起一杯竹叶青酒
洒向大地,洒向太空
祝愿青山常绿
祝愿翠竹常青

2015年5月

知心話

致母亲

我是你播下的一粒春种
一个发着绿芽的生命
你把我细心呵护
等待成为秋的馈赠

你的四季是我的一生
在等待的过程中你倍受艰辛
多少个白天过去
多少个黑夜成为黎明

春雨将我滋养长大
却无数次打湿你的衣襟
烈日晒了
你用身影为我撒下一片绿荫
寒风吹来
你用身驱为我遮挡寒冷

我多想快快长大
成为一片茂密的树林
回报你精心的呵护
为你纺织一个美丽的梦

1960年8月

致红衣姑娘

在桃花盛开的季节里
你总是爱穿一件粉红色的衣裳
加上乌黑的秀发
衬托着你白皙的脸庞
就像一朵带露的白牡丹
脸上泛着淡淡的霞光

校园里春情荡漾
学子们的生活
活泼而紧张
咱们在一起破解难题
也畅谈人生的理想
咱们参加了学校的合唱队
我任指挥,你是领唱
当四目相对的时候
我看到你神采飞扬
当手风琴的音乐响起
你清脆嘹亮的歌声在礼堂回响

你喜欢体育运动

百米赛跑是你的长项
那一次,你穿着白色的跑鞋
跑道上一团红云在飞翔
当你以第一名的成绩闯线
柔软的身体一下扑到我身上

随着时序的推移
咱俩的感情渐增渐长
一起去深山寻幽探密
在湖面上划船撒网
到古战场寻找金戈铁马的踪迹
甚至到农村去劳动
体验丰收后乡亲们的喜悦
像江河一样激情奔放

咱们有过默许
但不去张扬
也有过海誓山盟
却没有那种无礼的轻狂
就像一株待开的并蒂花
在清风细雨中守望

学校的生活结束了
我要去到远方

176　黄土情

你把我送到十里长亭

两颗心第一次发生近距离碰撞

我向你深情地挥挥手

面向未来，面向朝阳

身后的影子拉得很长，很长

1961年7月

比翼鸟

一位农村少妇用朴素的语言讲述她的爱情经历。
　　　　　　　　　　　　　　　——题记

有人说我们是金童玉女

有人说我们像蝴蝶双飞

我们也默默认可

好像老天有意安排我们是天生的一对

我们一起下地干活儿

有时也一起下河捕鱼

甚至去山里野游

俨然是一对恩爱夫妻

可是，母亲听信媒婆的胡诌

父亲也看重了不菲的彩礼

要把我嫁给一个不小的官儿

他老人家比我大三十几岁

我哭了三天三夜

父亲也不理不睬

我睡了三天三夜

178　黄土情

母亲还对我大发脾气

问世间情为何物
直叫人生死相许
情哥哥呀情哥哥
我要和你远走高飞

只拿了几件衣物
准备了少许盘费
我们躲入森林
来到远处的一座山里

饿了，吃些山果
渴了，喝几口泉水
晚上，睡在一个避风的山洞
第一次尝到人生的乐趣

情哥哥望着远方
好像在打什么主意
他忽然拉起我的手指指前方
"咱们就去那里"

大城市的高楼林立
到处是红红绿绿

我们在公园的一个角落
对着月亮,算是拜了天地

我们找到一家餐馆
让我们挑水、洗碗、洗筷
后来又找到一个工厂
打工挣钱,养活自己

由于拼命干活儿
老板说我们吃苦耐劳,很了不起
一年后,情哥哥当了组长
我被任命为会计

不久,我们的娃娃出生了
却是一个女女
管他呢,男的女的都一样
家庭充满了甜蜜

给家里写封信吧
心中总觉得有点歉意
天下无不是的父母
爸爸妈妈我们永远爱你

1961年8月

伤 逝

西风
挥别昨日的星辰
正摇曳
枯藤残枝里悲切的蝉鸣

我半世的征程
踏破阵阵蹄声
远去的大漠
依旧在夕阳下掩映
一如十年前
深闺庭院
桃花依旧笑春风

夕阳
荡漾晚秋的波心
正诉说
瑟瑟秋夜里相思的梧桐

我心事的尘封
绕过袅袅烟尘

渐明的秋月
依旧在笛声中归隐
一如十年前
华发早早
多情叹人生如梦

1995年8月

百字令·念

悬

月前

倚窗边

泪眼涟涟

思念叫人闲

月影独照人间

孤身单影惹人怜

此去经年不如所愿

梦里常客对耳扰轻眠

年年芳草处心事对谁填

落花流水声带走飞燕

风吹帘幔叶落窗前

雨打芭蕉又一年

思念人儿走远

相顾已无言

魂断梦牵

尽尘缘

怨天

念

2012年5月

寻

一朝秋雨过,
无处觅行踪。
伞消雨巷里,
人失音画中。

2000年10月

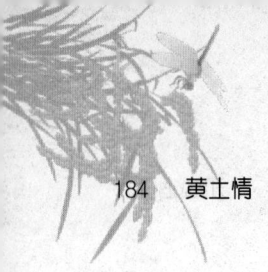

望 空

北斗空中挂,
星宿转相衡。
天上一星辰,
地下一人生。

2000年10月

无 奈

我不知道该怎样付出我的真情

只因你在雾中

让我捉摸不定

我想等雾散尽

却担心雾散时早遗失了你的踪影

想走进雾中

又怕迷失自己后没有人为我指点迷津

耗不起的是青春

何况脆弱的爱情

踟蹰间就已过了一生

这时回首

只能无奈

拾捡片片遗恨的心

2011年11月

风中的记忆

夏天过去浪漫也走进了冬季
秋天是如何过去的我已忘记
数不清几个黄昏几次黎明里有几多的悲喜
只记得把你的样子画在落叶上夹进了日记
当寒冷冻结感觉时我把思念也封锁进了记忆
日子就这样没有心动没有心痛地过去
我也忘记了哭泣

当春的脚步又一次响起
微风轻轻送来你的消息
我的感觉在瞬间苏醒
才知道原来我并没有把你忘记
原来我所有的微笑不过是伪装的面具
所有的等待只为了一个结局
只要还有你
我的哀怨就不值一提
只要你愿意
我们的爱就永远是春季

2014年12月

继母情

轻轻地——你走了
那么安详,
那样平静
嘴角上还有一丝笑影
没有嘱咐,没有叮咛
带着满足,驾鹤西行
"质本净来还净去"
留下的是一片赞慰之声

我们不是骨肉
却有母子般的亲情
我们没有血缘
却相守得水乳交融
你初次来到家里
我羞涩地叫了一声妈妈
你把我紧紧搂在怀中
因为有了你
这个家才变得完整

时代的风雨

曾多次打湿过我的衣襟
破旧的茅屋
裸露着难言的贫穷
你任劳任怨，拖着病体
毅然支撑起这个家庭
让我上学读书
教我做事做人
当大学录取通知书送到家里
你笑了
笑的是那样灿烂，那样开心

多年的艰苦劳作
摧垮了你的身心
那点点滴滴的无私奉献
儿子竟没有来得及报恩
可怜的妈妈
我只好在年年今日
来为你扫墓
回忆你的笑貌音容
焚化几张纸钱
再磕几个响头
作为奉献给你的祭品

2015年10月

離人淚

魂牵梦绕的往事

难舍难弃的情怀

如醉如痴的四年

一剪梅·含泪诀别

1999年10月7日（农历九月三十日）11：30分，余赴呼予爱妻购药返回，闻妻于20分钟前黯然辞世，顿觉天旋地转，万箭穿心。伤心之余，偶成此诗。

万里晴空响惊雷，

天旋地转，

撕心裂肺。

千呼万唤终不回，

容颜依旧，

沉睡垂眉。

一缕仙魂跨鹤去，

千古遗恨，

永驻心底。

骨肉亲情竟分离，

含泪诀别，

地悯天悲[1]。

---

[1]当晚，阴云密布，下起小雨。

长相思·痛君离

10月18日为爱妻送葬,余躲在一幢房后偷偷流泪。

送君去,
千滴泪,
悲风沉沉天欲雨,
万物知人意?

送君去,
情依依,
千恩万爱化烟灰,
有话可对谁?

双头莲·悲送爱妻

1999年10月18日（农历十月十二日），余目睹送葬情景，词以记之。

十里长街，

有送葬车队，

蔽日遮天。

西风凄紧，

更增添，

秋情悲凉无限。

哭声震天动地，

万双流泪眼。

悲欲绝，

肝肠寸断，

从此孤飞寒雁。

世事真情难见，

庸医少德行，

唯重金钱。

百般施救，

鞋踏破，

无处可觅神仙。

临别絮絮话语,
字字扣心间。
从今后,
相思只在,
梦里团圆。

八声甘州·生死情真

1999年12月25日（农历十一月十八日），为爱妻过尽七，往事历历在目，偶成小词一首。

正暮秋之际惨凄凄，
日光黯无神。
有车如流水，
万人空巷，
呜咽惊魂。
儿女悲天怆地，
步步泪淋淋。
道上人嗟叹，
生死情真。

半世披风避雨，
总睦和相处，
东里西邻。
俾家人常乐，
言语带福音。
卅年来，扶伤救死，
妇孺欢，谁不喜温馨？
因何故，好人寿短，
花落芳春？

念奴娇·夜阑无寐

2004年4月4日,为爱妻扫墓而归,晚上迟迟不能入睡。

小楼独住,
遇凄风苦雨,
飘摇犹坠。
抬眼不见去年人,
满眼旧时衣被。
静夜阑珊,
孤灯只影,
潸落伤心泪。
远离长去,
苦尝独醒滋味。

几经身世摧折,
风云变幻,
双双效于飞。
诗礼传家尊妇道,
辛勤抚儿育女。
小院茅屋,
粗茶淡饭,
欢乐无愁绪。

此间谁料,

半途劳燕分飞?

永遇乐·人去楼悲

2000年4月5日(清明后一天)夜,有感。

寂寂迎窗,

滴滴钟响,

长叹无寐。

人去楼空,

妆台依旧,

床上孤身睡。

男儿下厨,

残羹冷炙,

辘辘饥肠无味。

举头望,

残缺夜月,

痴痴从东到西

当初曾记,

新婚蜜意,

情满两心陶醉。

卅载情深,

同舟共勉,

苦乐皆相慰。

风云难测,
求神问卜,
生命终难挽回。
断肠人,
心中滴血,
眼中啼泪。

诉衷情·难收涕泪

2000年5月1日,友人邀余游万家寨后,为怀念爱妻而作。

记得当年四海游,
尽洗少年愁,
仙山双双跪拜:
相约到白头。

风云变,
身未老,
人夭寿
情思难断,
眼中血泪,
为伊长流。

苏幕遮·来世化连理

2000年9月12日（农历中秋节）回乡探母，遥望爱妻坟茔，有感偶书。

暮云天，
黄叶地，
寒鸦声声，
更添愁滋味。
去岁伤心失爱侣，
生死不公，
悲愤填胸臆。

旧时情，
堪回忆，
入梦时节，
故园常相会。
老天应解情人意，
来世变作，
鸳鸯双双飞。

七律·咏志

2000年10月10日，爱妻仙逝，余屡遭恶犬伤害，始知披人皮的狗更可恶，避世之情油然而生。

仙鹤翩翩到西方，
魂牵梦绕鬓成霜。
三十多年缘已尽，
此生此世梦犹长。
寒雁孤飞逢日暮，
君子独行被犬伤。
野云应知游客意，
山林深处是故乡。

七律·心迹

凄风苦雨又一年,
伤心泪水如倒悬。
玉人仙逝情依旧,
痴心不改志弥坚。
书林墨宝成新侣,
日起月落度晚年。
人生在世难称意,
心灯燃尽向黄泉。

2000年10月25日

御街行·幽径独垂泪

2000年10月26日,爱妻周年忌日。

纷纷落叶随风去,
雁南飞,
霜满地。
寂寞荒野人长睡,
可怜天涯孤旅。
年年今日,
伤心时节,
小径独徘徊。

日日思君不见君,
两鬓秋,
心已碎。
往事如烟空记忆,
谁解胸中块垒。
悲从中来,
"酒入愁肠,
化作相思泪"。

七律·除夕思贤人

2001年1月23日（农历腊月二十九，除夕夜），"儿童强不眠，相守夜喧哗"。此情此景，爱妻若在，该有多好！

爆竹声声庆新春，
阖家团聚少一人。
美酒金樽难下咽？
良辰旧事再入梦。
悼文字字点点泪，
老态朝朝暮暮情
任是桃符年年换，
难换故人一片心。

七律·思亲感悟

2001年11月2日,余赴呼办事返回,见田野庄稼收割殆尽,爱妻的坟茔立于荒野,对此,想了很多,很多。

仙妻一去音渺茫,
昼思夜想枉断肠。
秋风有意欺落叶,
孤坟无语对斜阳。
儿女孝顺诚可慰,
世人白眼实堪伤。
借问天下无聊客,
何能自娱少凄凉?

落红吟

你轻轻地凋谢了
只留下我独立寒秋
分手的瞬间
剪不断那情丝一缕
你是魂飞仙境
还是去天国漫游
眼前萦回的
依然是那个倩影
那种娟秀

我们在春风里相识
认定了共同的追求
走过温馨,走过热烈
共同期盼着秋天的成熟
天地间的风刀雨剑
没有渗淡你的容颜
相亲相爱的誓言
始终缠绵在挺拔的枝头

花开一春

草木一秋

滚滚红尘

夭折了多少枝繁花翠柳

当我委身于冰雪

那就是我们重逢的时候

冥冥之中,相扶相拥

尽释人间的烦恼和忧愁

白天我们驾驭清风

夜晚,看亮晶晶的北斗

虽然不能再度花前月下

却也能长相厮守

虽然不能化作翩翩彩蝶

却也是梦中的织女牵牛

2015年10月

跋
那人 那师 那诗

◎ 张宝肖

菅厚存先生要出版诗集《黄土情》，执意请我担任责任编辑。说老实话，给先生的作品把脉、挑错，我内心还真是有点儿发怵。因先生是我40年前的中学老师，我肚子里的这几滴墨水还是先生耳提面命生硬灌进来的。几番推脱也难动先生心意，与其谦逊，不如遵命，索性按照先生意愿，全身心地拜读先生作品。

在上世纪"文革"那个特殊的年代，因父亲"四类分子"的"特殊待遇"，我也被打上了"可以教育好的子女"的印记，因此，便也失去了上县级中心中学读书的权利，只好在我们公社戴帽农业中学边读书边学农技，"沾两脚泥巴，炼一颗红心"了。

那是1975年秋季，九年级开学的时候，我们班上新来了一位体育教师。在我的记忆里，体育教师都四肢灵巧、语言粗暴，但新来的体育教师却是一副文静敦厚的仪表，讲着绵绵的话语，特别是讲起话来，出口成章的诗句，深深地吸引了我这个酷爱诗歌写作的学生。他，就是菅厚存先生。

当时，在先生和刘彪等几位语文老师的悉心扶持栽培下，我们就读的农业中学虽然地处偏僻、房舍简陋，但文学创作的氛围，用当时的话说可以叫作"如火如荼，热潮一浪高过一浪"。记得，我们学校还编辑过一本叫《朝花》的蜡版刻字油印诗集。先生多年前写作的《到农村去》的诗歌，也收入其中。诗歌那快乐顺畅的语句、催人奋进的意境深深打动了我。我写的一首《把喜报给毛主席》的小诗，在先生的精心指点和修改下，也被诗集刊用。此后，这首诗又被县里编撰的《学习小靳庄诗选》登载，这对我的文学创作是莫大的鼓舞。

1976年7月，我告别公社农业中学，回村务农，当车倌赶马车糊口度日，赡养父母，培养弟弟。在外出住宿车马店歇脚打尖空隙，仍不忘忙里偷闲地读书写作。

1979年高考前夕，眼见对中学数理化一窍不通的我，只好放弃报考中专的念头，转而托人到乡中学"回炉"备考大学。就在这年，先生恰好带毕业班语文、历史课，焦耀华老师讲地理课。先生体察到我渴求知识、跳出农门、改变命运的心情，多次到校长面前求情。校长以种种理由拒绝接收我读书，最后推说"无桌凳"。我数次看到先生为了给我争取到读书的机会向校长低三下四说好话，几乎到了叩头作揖的程度。按照先生的秉性，他为我求情的窘容是其人生中很少见到的。

先生的义举终于感化了校长，叫我从家中带了一个凳子，坐在教室最后排靠门口的地方,以腿当课桌,当上了"旁听生"。先生那带"土味"的如诗般的语言,重新浸润着我这片荒芜了多年的无知心田,我整日整夜吮吸着先生无私传授的知识甘霖,重新燃起了"天生我才必有用"的信心。仅两个多月的时间,我便从班里的"塌底子"生一跃为优秀生,高考时成绩一举全县有名。当我高考体检时因心脏二尖瓣"五级杂音"又将失去上大学的机会时,先生没明没夜地在县城找人求情,终于让县医院的主检大夫放了一马,勉强高考体检过关。在政审时虽终因父亲"历史反革命分子"的问题被挡在重点大学门外,但有先生的帮助,我的人生仍出现了一个大大的转折点。

现在回想起来,仍觉得那是一场梦,但现实是,我毕竟扔掉了八辈祖宗端的"泥饭碗",进城吃上了供应粮。后有人说是我遇上了营厚存、焦耀华这样的"好老师"得了福气的原因。

后来,慢慢得知,先生1961年初中毕业后即回村里劳动,因家庭成分和父亲的"历史问题",在文化人缺乏的农村,虽满腹经纶,但也难入"仕途"之门,从1962年起一直在农村当挣工分的民办教师,如此一直从小学一年级的课程教到高中。当一批批像我们这样的学生都金榜题名,挣上了"薪金"时,他还挣着农业社的工分。

在艰难困苦的生活重压上,先生文学创作的激情未减,生活的磨砺常常结晶成催人奋进的诗章。上世纪"文革"之初,他曾将创作的几首诗投寄给一家省级文学刊物。刊物编辑给其所在的生产大队写信,核实先生的"政治表现",就是这样一封再平常不过的信,先生险些被目不识丁的大队党支部书记戴上"现行反革命分子"的帽子。

从此，先生多年再未敢"吟风咏月"。

生活是文学创作的源泉，生活也可磨灭天才的灵魂。

用心赏析先生的诗集《黄土情》，仅写作年代就跨越了50多年。其中现实生活的苦涩与甘甜、艰难与曲折、失落与欣慰，我不愿多说了。从一个朝气蓬勃的文学青年的激扬文字，到一个耄耋老人对沧桑历史的睿哲点评，不管是先生身处吞糠咽菜的社会下层，还是登临点拨迷津的讲坛，不管是在孤灯照孤影的暗夜，还是在迎接旭日东升的清晨，先生的诗集作品引导着人们向上进取，展现着真善美，传播着正能量。

诗贵有真情，诗贵有意境。先生的诗作，言志抒情为一显著特色。触景生情，借景言情，喻物叙情。大到河流山川，小到树木花草、小鸟昆虫、自然现象、生活细节，在先生笔下，皆"浪漫成激情澎湃的诗作"。特别是怀念师母的"悲痛"长相思，"来世化连理"，读来不禁使人潸然泪下。

陈广斌先生给《黄土情》作序后，让我去取文稿。我问他对先生诗作总的评价。他说，先生的作品特点有三：抒情真挚，意象新颖，古诗功力深厚。我深以为然。

张宝肖

2015年12月1日

后 记

《黄土情》终于和读者见面了，了却了我的一桩心事，颇感欣慰。

我出生在塞北高原的黄土地上，故乡的土地虽然贫瘠，但她滋养了我的生命。我对故乡的一草一木，充满深厚的感情。工作之余，我游历了祖国各地，伟大祖国的壮丽河山，使我顿增豪情，特别是祖国日新月异的变化，使我感觉到作为一个中国人的骄傲。因此，我总想以诗的语言，歌颂伟大的祖国，歌颂可爱的家乡，歌颂充满激情的生活。于是就所见、所闻、所感，吟诵成行，叙写成章，这便是《黄土情》的主要内容。

《黄土情》在成书的过程中，承蒙国家一级作家、内蒙古诗词学会副会长、内蒙古文联原《草原》杂志主编陈广斌先生修改、润色并作序。中国作家协会会员苏芝英先生为拙作的编辑、出版给予热情帮助，精心策划指点。远方出版社的胡丽娟女士为书稿精心编校，付出甚多。马国和先生、乔红燕女士、邓廷儒先生和孙震洲先生也为之多付辛苦。在此，一并致以衷心的感谢！

2016年1月1日